李佩甫 著

中国短经典

# 黑蜻蜓

人民文学出版社

图书在版编目(CIP)数据

黑蜻蜓/李佩甫著.—北京：人民文学出版社，2018
(中国短经典)
ISBN 978-7-02-014474-7

Ⅰ.①黑… Ⅱ.①李… Ⅲ.①短篇小说-小说集-中国-当代 Ⅳ.①I247.7

中国版本图书馆CIP数据核字(2018)第187328号

责任编辑　朱卫净　杜玉花
装帧设计　高静芳

| 出版发行 | 人民文学出版社 |
|---|---|
| 社　　址 | 北京市朝内大街166号 |
| 邮政编码 | 100705 |
| 网　　址 | http://www.RW-cn.com |
| 印　　制 | 上海利丰雅高印刷有限公司 |
| 经　　销 | 全国新华书店等 |
| 字　　数 | 150千字 |
| 开　　本 | 890毫米×1240毫米　1/32 |
| 印　　张 | 7.5 |
| 版　　次 | 2018年10月北京第1版 |
| 印　　次 | 2018年10月第1次印刷 |
| 书　　号 | 978-7-02-014474-7 |
| 定　　价 | 49.90元 |

如有印装质量问题，请与本社图书销售中心调换。电话：010-65233595

目录

红蚂蚱　绿蚂蚱　　001

村魂　　057

满城荷花　　099

画匠王
　　——一九八八　　121

红炕席　　167

黑蜻蜓　　185

红蚂蚱　绿蚂蚱

旅客在每一个生人门口敲叩，
才能敲到自己的家门；
人要在外边到处飘流，
最后才能走到最深的内殿。

——泰戈尔

已是久远的过去了，总还在眼前晃，一日日筛漏在心底，把久远坠坠地扯近来。便有一首小小曲儿在耳畔终日唱：云儿去了，遮了远远的天。在远远的天的那一边，有我姥姥的村庄……

于是，我记得：在住着姥姥的村子里吃饭，是不用打饭钱的。随你走进哪家院子，叫声老舅，便有汉子亲亲地迎出来，骂声鳖儿，不消你再说，一准有好东西管你吃。几多的舅哟！

老儿小儿，都要你喊。除非你骂他："舅、舅，打一鞭，屙一溜。"他笑。该叫还是得叫。儿时，在姥姥的庄子里，捧着乡下孩子的小木碗，我就这样一家一家地吃遍全村。吃了，和小小的"老表们"滚在土窝里脱土馍馍，木碗儿扣出光光圆圆的一坨、两坨、三坨……撒一泡热尿，那"馍馍"碎了，又脱。

哦，我童年的小木碗——


## 狗娃舅

袅袅的炊烟把村子罩了，天终于暗下来。坡上还映着一线红，那红亮得耀眼，倏尔又淡，又灰，接着是极刺的一跃，红极了半个天。风起了，飒飒的。卸套的驴儿在坡上打滚儿，沾着尿腥的热土灰灰地荡开去。那亮不情愿地暗下去了，残烧着镶着灰边的余红。于是，坡上晃出一队割草的孩子，全赤条条的，一线不挂。远远，极像被风吹的草儿押送的一队泥丸。那打头的背的草捆极大，小垛儿一般地缓缓滚来，仿佛草也成了气候。近了，你才能瞅见那埋在草里的小头。叫你真不信是那泥丸一般的孩儿驮了草动，倒疑是成了精气的草揉着孩儿走。这打头的，便是狗娃舅了。

多年之后，每当我眼前出现那个灰色的黄昏，一个极大的滚动着的草垛；一个圆圆的盛满了汗垢的肚脐眼；一双小拇脚趾有着双指甲盖的脚丫，便一同朝我压来。

这狗娃舅是我童年的朋友，也是长者。一个极小的人儿，也算是舅了。辈分在那儿摆着，不由你不喊。我六岁的时候，他便十二，长得竟没有我高！泥丸似的矮不说，身量却尽往宽处去。那短短的小手，锉儿一般，摸摸肉疼。在大人眼里，他是孩子；在孩子眼里，他是大人。也就省了裤子。说大人话，赤条条在村里走，也没人羞。我常常怀疑那位二姥姥是割谷的时候窝下了这舅，不然，怎地这般小身？

矮归矮，却是割草的一把好手。靠了那割不完的草，他一天挣去十二分，气得那些人高马大的舅们骂街！骂了，又不得不认晦气。割草，一把小铲儿揣怀里，拉千斤粪车的壮汉也就一天百十斤！他一晌就是百十斤！二十斤才一分，能是气儿吹出来的么。别的孩子割三五十斤已算露脸，唯有他快。人说，他不是人。那般小手，那般小腿，那般小人，把小铲捏在手里，活脱脱草魔一个。连村里最会绣花的五姨看了他割草，暗暗瞅瞅自己那双女人群里出了名的巧手，也就叹口气，去了。

他爹五年前就瘫了。娘还是一个接一个生娃，也就病恹恹。"嘴"很多，干活的却只有他。这家，靠高分也是养不活的，他竟撑了。村里人笑说，狗娃家人是见风长肉。我是不信。不然，不会跑到村口来等他。

走得更近些，狗娃舅唱了。细细的干嗓喘着粗气，那草捆摇起来,像要翻倒,却没有倒,只把天边那点残烧哑喊到坡下去了。那人儿越显得小,步儿越显得慢,叫人觉出那漫长的东坡是一世也走不完的,何况还驮了草。

队长舅也在村口蹲着,拧一支烟来慢慢吸。听那呼哧呼哧的气喘,听那渐近的唱,并不扭头,只缓缓站起。

狗娃舅站了,吸一口气,甩了那草捆,拍拍瘪了的肚皮。那黑黑的肚皮上亮着一道一道的汗霜,花瓜儿似的。脸上蒙着分钱厚的土,只有俩眼贼溜溜地闪着,透出一丝狡黠的乏笑。后边的孩儿们也站下了,并不扔筐,只怯怯地望着队长舅。

"狗娃,没捎点啥?"队长舅把烟碎了,问。

"老三,我可是饿了。"狗娃舅又拍拍肚皮,亮出一个黑污污的圆肚脐眼,两排瘦狗一般的肋巴。

"真没捎点啥?"眯眯的细眼斜过来,锥子般地一亮。

"老三,按老规矩,你搜哇。"狗娃舅头一歪。

"搜着了——"

"蛋咬去。"狗娃舅叉开腿,亮出那小小的"大物件"。

队长舅也不接话,一步跨来,两只大手插进草捆里,里里外外摸了个遍,只听"哧"的一声,小铲扔了出来。吓得一边的割草娃小腿直抖。

"老三,你帮我背回去么?"狗娃舅瞅着那散了的草捆,不恼,很耐心地问。

队长舅拍拍手上的草屑,扬起脸来,定定地望着狗娃舅,有半袋烟的工夫，问：

"狗娃，日头从西出来了么？"

"随你说，老三，随你说。"

狗娃舅不再争辩，蹲下来慢慢拾掇那散乱的草堆。他一搭一搭地收拾好，吸一口气，牙骨狠狠地绷紧腮边的薄肉，一劲狠咬，有三个小哥在后搭帮，那小草垛一般的草捆又驮起了。

队长舅看看他，迟疑着朝另一个娃儿的草筐摸去……

随狗娃舅走去十几步远，只见他嘴一咧，小声说：

"家去。"

交了草，跟他走进破屋，暗里有八只眼亮着，绿莹莹地吓人。狗娃舅"咣"一声扔了小铲，摇摇晃晃到缸前舀瓢凉水一气喝光，大人似的抹一把嘴，也不理人，只反身对我说："文生，拿碗去吧。"

想必有好吃的了。我欢欢地凑近锅台，借了柴火的亮瞅去，却只有一锅清水白白地泛溅儿……

于是，想问。只听狗娃舅又说："拿碗去。"……

再进狗娃舅家，见那草筐在灶前放着，两个更小的舅馋馋地蹲在草筐前，狗娃舅一人头上拍了一掌，两人便躲到一边去了。他并不瞒我，把筐扣翻过去，用力一磕，筐底掉了，下边竟是鲜鲜的十几块红薯！

"扒的，"他挤挤眼，"还没长成哩。让你这城里娃尝个鲜物。"

二姥姥慌慌地过去，黄着脸说："莫说出去呀，娃。"

……香气出来了，锅里的红薯刚泛黄，四只绿莹莹的小眼又凑了过来。狗娃舅喝道："边儿去！"说着，又反身看我一眼，"文生，别笑话，乡下不比城里。"

火光映着他那黑污污的小脸，一片累极了的静。

一个小小的人儿，一天能割二百斤草；十二了，长得竟没有我高，却还尽说大人话。这个"舅"是该喊的。

于是，我尝了鲜物；晚上，一连放了十七个屁。

村歌一：

　　日头落，狼下坡，
　　逮住老头当窝窝，
　　逮住大人当蒸馍，
　　逮住娃儿当汤喝，
　　哎哟喂，肚子饿。
　　……


## 德运舅的大喜日子


露水下来了，身上湿湿的凉。俩眼皮在打架，又不舍走，只偎了狗娃舅在窗前贴着听，屋里仍旧没有动静。

村街上，树影儿透出朦朦胧胧的白，深深浅浅的黑。常有灰灰的一条蹿上瓦屋的兽头，倏尔又不见。狗间或咬一声，磨牙的牲口细细地嚼料。黑黑的一怪扑来，吓得人闭眼，一忽儿又看清是那碾盘在死蹲，总也很吓人。把脸扭回了，贴了那舔破的窗洞往里瞅，久久，终于在屋里那一片混沌的墨里分清了方位：床东一团浓黑，床西一团浓黑，木了一般，不见动。

狗娃舅来听房，原是记了三个工分的。我觉着新鲜，也就跟了来。不想，结婚原是这般没有滋味。

"我困了。"

狗娃舅拍拍我，俩眼儿蹿动着腾腾的黑火，眼又贴到窗格上去了。我真服气他的耐性，打个哈欠，又借那舔破的窗洞独眼看，只觉蛐蛐一声声短叫，好不焦人。听狗娃讲过，这是一公一母"说话"哩。竟这般地有声有色！叫人气极时，屋里那混沌的黑化开了，又是床东一团，床西一团。屏息听去，床板"吱儿"响了，床西那团黑缓缓往床东处移，一股很粗的喘声出来，两团黑便合二为一。倏尔又分开去，一个床东，一个床西。渐渐，又移近了，定睛细看，却又是床东、床西。接着一声阳阳壮壮的"嗯"……

支着眼皮熬去了大半个夜，就听得这么一声"嗯"。

又是久久，又是极粗的喘声，两团黑终于扭在一团。细细分晓，咬牙声、厮打声、扑腾扑腾地翻腿还杂着切齿的咬……

只不见喊叫,也不听有骂声出来。"咕咚"一声,两团黑从床上滚到地上,就那么来来回回地翻。我刚想喊,被狗娃舅拧了一把,很疼,只好住了。一个时辰之后,房里静下来,还是床东一团,床西一团,直到三星稀……

离了窗口,狗娃舅忿忿说:"那女的不让。"

"什么?"

狗娃舅看着我,又说:"那女的不让。"

"什么不让?"

狗娃舅伸了个懒腰:"肉头。"

"谁?"

"德运。"

于是,回姥姥家睡。只是不晓德运舅为啥"肉头"?白日里他娶媳妇好热闹哟!一身新裤褂穿着,头皮刮得青光,还捏着顶新帽,脸上红光光的,远远就叫我:"文生,拿碗来呀!"

躺床上便做梦:一条长腿伸出去,满天红火烧起来,总也不见人救……

二天,忽听见嗷嗷的哭声,狼嚎一般瘆人!一时静了全村;一时又满街狗咬,听女人在村街上拍腿喊:"新媳妇上吊了!"我翻身下床,赤条条蹿了出去。

村里人都来了,黑压压地站着。几位长辈分的老人蹲在那贴了红"囍"字的碾盘上吸闷烟。女人们把狗娃舅围了,叫他讲"听房"的经过,一片"啧啧"声。小娃儿在人群里钻来钻去，莫名其妙地兴奋。

太阳在朗朗的晴空上移着，那暖意仿佛离人很远。一朵软白的云飘去，又一朵悠悠追来，白极，也静极。秋风凉凉，似又刮不去时光地无尽。村外的黄土路上有人在走，渐远，渐小。渐小，渐远……

半晌时分，村东响起了脆厉的鞭声，三挂大车飞风一般进了村。被鞭声打炸了的骡子四蹄腾起，溅起浓烈的黄尘，仰天的骡马喷着满嘴白沫。女人们在车上挤挤地坐着，后边是黑压压的汉子。不晓得谁叫一声："娘家人来了！"一语未了，车上哭声骤起，呼天抢地骂将过来。娘家汉子虎凶凶地在贴红"囍"的德运舅门前站了，女人们全拥进屋去，抓住蹲着的德运舅就打。德运舅先是不吭，继而满地滚，杀猪一般惨叫！屋里嚷声一片，碎声一片。两庄的男人怒目而立，相互防着，一任女人们干事。

野野的一条汉，五尺身量，一身铁肉，平日老披着小褂在村街上荡荡地走，哼一路小曲，吃三碗红薯！和人"抬杠"脖里弹两根红筋，这就是昔日的德运舅。在村里不曾见他怕过谁，性起时抓住老牛的角往地上按，一头壮牛便硬给按倒在地，赢一场叫好声。上边叫翻地七尺，他凭一张亮锨，挖沟似的翻出丈二，那块地成了"样板田"，又气势势领一张奖状回来，满村荣耀。鼻子高高的，眉也浓浓，嘴唇虽厚，却经过路的算卦先生看出一脸福相。这样的角色，却又怕女人，窝囊得叫人咬牙。

眼看那些娘家女人要下狠手的时候，见过些世面的大妗站出来了，她上前断喝一声：

"出出气也就算了，莫非要再摊上一条人命不解？！"

娘家女人这才骂咧咧地罢手。德运舅一只眼肿了，满脸血污，新褂子被娘家女人撕得一条条碎，只"呜呜"地抱头哭……

于是，两庄的老人站出来商谈后事，虽各有些讲究，但一切据古礼办，且要斯文得多。

一刻，队长舅出来，吩咐放工一天，都来德运家帮忙。这自然是不消多说的。立马又叫人开仓屋磨三石好麦，说德运舅刚办了喜事，家底已空，权且先借给他。村里人纷纷散开去，找自己能干的事做，个个像谋自家的事情一样认真、精细。会木匠手艺的打棺去了；有些灶上功夫的盘火架案；女人们包了内活儿；打墓坑的全是一等一的壮汉，还请了瞎子舅来老坟里量了方位，按天干地支，一寸不敢差。虽是一夜的夫妻，也是村里媳妇呀！

午时，一村都不听风箱"呱哒"，那撩人的炊烟全跑到德运舅的院子里来飘了。这里一下子垒起了五座墩子火，蒸馍、做菜，十分红火。队里吃食堂时的大方笼也抬来了，连蒸三笼热馍顷刻消去大半。招呼做饭的胖舅并不恼，只吩咐又蒸。院里人来人往，川流不息。娃儿们更是像过节一样窜来窜去，捧了小木碗来，拿个馍就跑，快快。一会儿又来了，总也不断。一村的狗都来打牙祭，伸着长长的红舌头，等着赏赐。我贪看稀奇，只傻傻地站，又老碍人的事。胖舅照脑门上给了我一掌，丢个热蒸馍在怀里，又是一掌："傻，拿碗去。"于是，我便欢欢地捧了馍回去……眼看一笼净了，又一笼热的出来，那盛馍的大笸箩总也不见满。见胖舅忙中捂着肚子去尿，我也尿。忽儿瞅见他从扎着大腰带的肚皮上托出一碗油来，隔墙递过去，竟是一滴不洒！待我又端了放蒸馍的小木碗跑回去，恰碰上做孝衣的姥姥回来拿顶针儿，进屋却从袖口里慢慢扯出二尺白布……

"姥姥，干么偷他？"

"嗯？"姥姥怔了。

"干么都偷他，都偷。"

"文生，这不是偷，是拿。村里兴的，老规矩。咱庄没丢过东西，一根线都没丢过，多少年了。偷是贼干的勾当，这庄没有贼……"姥姥絮絮叨叨地说。

我不懂，又跑出来。心里恍恍惚惚地跳着一个"拿"，实不晓得"拿"和"偷"的区别。

德运舅漠然地在房檐处蹲着，远远就能闻见血腥。狗在他眼前转了又转，只是不敢下嘴。他脸上的血污干了，显得紫黑。两眼肿胀得桃明，睁不开，也就那么闭着，像是睡去了。那肿胀得只透一线血缝的眼惘然地对着朗朗晴空，仿佛一个瞎子仰望着那无尽的天书，问那冥冥之中的主宰：女人是什么？

初秋的阳光射在他身上，送给他木了的怅然。烂处露着一条条女人的抓痕，有昨夜也有今日……那印在心里的是夜里抓下的——那是女人的"字典"，也是他一生都不曾读懂的。他觉得屈。

人们也觉得他屈。

日西，响器呜呜哇哇地吹起来。一个掌大笛的外乡鼓手光着脊梁，头上顶着一碗清水，竭尽全力地演奏那哀的热烈，赢了一村人围他看。于是，德运舅像披麻戴孝的木桩一般被人搡了出来，在停棺处站下，头被娘家女人按住，前一跪，后一跪，左一跪，右一跪；上三步，下三步，头磕得咚咚响，分东西南北，给这睡了一夜的媳妇行了拜祖宗的"二十四叩大礼"……

村里人说，娘家人本要德运舅一步一磕，跪着喊"娘"哭到坟里。庄里老辈坚持不让，才算免了。改成了灵前"二十四叩礼"。这也算是村里人胜了。胜得十分悲壮。

一挂响鞭爆豆似的炸响后，死人安然入墓。没有大闹起来，都说这丧事办得不赖。

埋了人回来，又是大吃，直到馍菜净尽，人们才渐渐散去。到了次日天明，村里仍不见烟火。这会儿，人们终于想起德运舅一天一夜滴水未进，家里又塌下了十年还不严的窟窿债，不由可怜起他来。舅们、妗们又都来安慰他，端了荷包蛋、酸汤面叶儿来，香了一条村街。

德运舅一声不吭，一连躺了七天七夜。第八天头上又背着老镢下地了，默默地，像个呆子。

村歌二：

　　一根驴虫八百斤，
　　松开铁索铳死人！
　　前沟炮倒（呀个）九十九棵树，
　　后沟撞翻（呀个）七十七尊神，
　　小草棵棵里毁了身……

## 队长舅

一盏小油灯半明半暗地在房梁上晃着，熏黑了的墙上便有一团巨大的影儿在摇。十几头瘦牛在槽后卧了，慢慢地无休无止地倒沫。五六个舅们就在槽前的空地上蹲，你一支我一支地抽烟，辣辣的烟雾在屋里弥漫着，很浓。这便是队委会了。

有半个时辰了，就这么"吧嗒、吧嗒"地抽烟，谁也不吭，队长舅在暗处的土坯上坐，那烟火明一下的时候，才能瞅见那张黑脸子。他脸上的纹路很浅，总也油腻腻的。蹲着的时候,常让人想起老"瓮"。他生来仿佛就是蹲着过的人,无论冬夏都常披一件破袄,就势把腿遮住,蜷得很舒服。很像"瓮",却又不笑,老爱用嘴唇舔烟纸,舔得下嘴唇黄翻,还是舔。漫长的夜,既不吭又不散,就靠这卷烟打发了。队里那一日一份的报纸连同那"国内外大事",想必是被队干部们这样一条一条地卷烟"吸"去了。

那晚,我跟喂牲口的姥爷睡在牲口屋的麦秸窝里,曾扬头看了他们几次,很是无趣,也就不知不觉地睡去了。

尿憋醒的时候,已是下半夜了。听见蹲在暗影里的队长舅说:"上头,又布置下任务了。叫五天收完秋,工作队要检查哩……"

仍然是一片"吧嗒、吧嗒"的声响……

"东岗那百十亩红薯怕是犁不出来了。晚了,要吃'罐饭'哩……"

吸烟声停了,舅们一脸惶惶。那愁顷刻随了烟雾漫开去,梁上的油灯显得更昏更暗。

队长舅又从牙缝里挤出一句话来,声音哑哑的:"上头紧。我看,毁了算啦……"

又是半晌无语。只听秋虫儿长一声短一声叫……好一会儿,众人才应道:"中啊,中啊。三哥,你看着办吧。"

"心疼呀,我也心疼。半年的口粮……可上头催得老紧老紧……"队长舅捂了半边脸,像是牙疼。

烈子舅吭吭着说:"别家好、好说。虽说口粮不大够,都还有些门、门道。就、就、就文斗家是分、分子,成、成天哼叽……要粮,怕、怕是……"

"文斗这货真熊!"队长舅突然骂道。

"这货成天盼着摘'帽',老尿来汇报思想……"

"汇报个熊吧!咱村就这一家分子,上头能给他摘'帽'?"

"也不想想……"

天到了这般时候,会才开出了滋味。却又听队长舅说:"就这吧,就这吧。"说着,站起来,从屁股后摸出一串钥匙。听见草动,回头一看是我,骂声鳖儿!一把将我拽起,问:"尿?"

"尿。"早有尿憋着,又怕天黑,不敢出去,我赶忙应了。

队长舅拉我出了牲口屋,却又不让尿,四下看看,便轻手轻脚地往东走。黑咕咚咚地跟他拐了两个弯,来到了仓屋门前。他站住了,又猫样地四下瞅瞅,拿钥匙开了门上的大锁,却不推门,低声对我说:"尿吧,对着门墩尿。"

憋急,我照着门墩浇了一泡!

队长舅这才推门。好重的一扇大门,却不见响声出来。多年之后,我才琢磨出这泡尿的"科学",知道那"经验"不是一次能总结出来的……

队长舅叫我站在门口,一个人摸黑进了屋。听得"哗啦、哗啦"的声响。一会儿工夫,他走出来了,肩上扛着一个鼓鼓的口袋。

已是三更天了，村里静悄悄的，像死了一般。天黑得像反扣的大锅，在"锅"里走着，那脚也就一高一低，一深一浅，老觉得身后有人。回到牲口屋，当干部的舅们已经把大锅支上，火已烧着，红通通地映人脸。队长舅也不搭话，把半口袋花生倒进了大锅……

蒙蒙眬眬地睡着，有热腾腾的一堆撒进被窝，知道是煮熟的花生，就闭着眼吃。很为知道干部们整夜开会的秘密高兴。

第二天，雨淅淅沥沥地下着。三架套了牲口的大犁来到已割了秧的东坡红薯地，果真把那一季的收成犁了。大块大块的红薯从泥土里翻出来又犁进泥土。牲口默默的，赶牲口的人也默默的……

队长舅披着破袄在地头上蹲着，像坐化了的泥胎一样，目光直直地看那犁在泥浪里翻。他手里捏着的半截烟早被雨点打湿了，点烟的时候，手哆嗦了一下，有泪花含在眼里，却只默默地吸。

抢收玉米的村里人从地边走过，也只瞅上一眼，很冷漠地走开，不问。只有灰蒙蒙的天在哭……

天一黑透，村里狗便咬起来，东一阵，西一阵，伴着湿溅溅的脚步声。舅们早早就背了抓钩出去，连六十二岁的姥姥也拉我到东地来了。在那块犁过的红薯地里，黑压压的一片人！大人小孩婆娘娃子齐上阵，刨的刨，摸的摸，疯了一般。远远看去，黑黢黢的影儿乱晃，像是鬼过节。

半夜时分，我实在太困了，就壮着胆一个人先回。快要走到姥姥家的时候，倏尔瞅见队长舅在前边弓着腰走，那肩上分明扛着一个鼓鼓的大麻袋，不时有喘声出来。走着走着，却见他在戴了"分子"帽子的文斗舅门前停下，呼哧哧地放下一袋红薯，转眼不见了……

天又大亮的时候，只听文斗舅站在门口高喉咙大嗓地喊：

"可是坏良心哪！谁叫红薯背到俺家来了？俺可是头皮老薄呀！我哩娘啊，谁给我当个证见哩……"

烈子舅开门走出来："你吆喝熊咃？！"

文斗舅脸都白了，双脚跺着喊："烈子兄弟，我赌咒，我赌咒，要是我天打五雷击！"

烈子舅揉揉眼，让他找队长去。他吆喝的声音更大了，惹得村里人都出来看。这文斗舅四十八了，戴的自然是他死爹的"分子帽儿"，总想摘了，就怕人说他不守法。于是见人就解说，一把鼻涕一把泪。

队长舅见了，愣了一下，随又"瓮"脸一沉，二话不说，上前一脚把他踹倒，喊一声："绑了！"

立时有人把他捆了起来，挂一串红薯在脖里，游了一条村街。他也就规规矩矩地走了……

村歌三：

往东走腿肚朝西，

吃饱饭当时不饥。

河里水清(呀个)没有鱼，

糊涂涂抹住(了个)肠眼子。

糊了一日说一日……

## 选 举

一天早上，村里的钟突然敲响了，急煎煎地，很闷。在村子上空淡散的炊烟似也被那震荡的气流惊扰，旋卷着随那钟声飘向田野。

汉子们迟迟地晃出来，纷纷找地方蹲了。女人敞着奶孩子的怀，抱一个又扯一个，滚蛋子往一块挤。脸面上半喜半忧。日子"磨"得太慢太慢了。太阳总是缓缓地升起，而又迟迟不落，夜很长很长，叫人过得心焦。于是想盼一点什么事体出来，且又惶惶地怕，就这么等着。

队长舅在碾盘上蹲着，俩眼熬得烂红。他去公社开会去了，会很长，一连开了七天七夜。回来就敲钟。这会儿，他正低着头卷烟，又是不停地用那厚嘴唇舔破报纸。那嘴唇已燎得焦干，总也舔不湿，就那么慢慢舔。待人齐些了，他打个哈欠站起来，不紧不慢地说：

"会开了七天，熬人。我眯糊了一会儿，也记不多全。'精神'怕是这：上头、上头叫两人一组，选个坏分子出来，上公社去开会……嗨，上头发话了，爷儿们看着办吧。"

会场上静了，人们怔怔地。汉子们点烟来吸，互相看了，那捏烟的手竟也抖抖。女人怀里的孩子哭了。有骂声喊出来，又四下看看，忙用奶头塞住娃娃的嘴。一时无话。

村东有狗在路上撒尿，歪歪翘起一只腿，斜眼看人，一时便有尿腥飘过来，臊臊……

狗娃舅站起来，像大人似的头一梗："老三，选上可记工分？"

话刚落音儿，众眼一起瞪过来，瞅这好不知轻重的弹子孩子。队长舅塌蒙着眼皮，似睡非睡，一张"瓮"脸苦瓜似的木着，随口应道："记呗。"

一袋烟的工夫，人们似把一生来所做的"恶事"都在心里滤了一遍，越思量越不敢看人。于是，互相看一眼，目光刚搭界，又慌慌垂下头，再想平日所为，有几多对不住政策。不尽人意之处……似乎越想越多，扯起笸箩乱动弹，沟沟壑壑都有错。又赶忙暗暗压在心底，只怕别人瞅见。这么想着，便有汗下来，脊梁沟儿凉凉的。

又过一袋烟的工夫，仁义些的汉子，重又把头扬起，把烟碎了，闷声说：

"……我去吧。"

对面赶忙也应上一句:"唉,我去。"

"还是我去。"

"咄,我去我去。"

这谦让就更让人不能推辞。铁性汉子一拍大腿:"敲了!我去。头砍了也不过碗大一个疤!"

"兄弟,家里……请尽管放心了。"

"选举"倒也和和气气。纵然心里怯,面子还是要的,人是一张脸哪!有小肚鸡肠的女人,在众人眼前,眼翻上几翻,也不好有二话出来。渐渐,百十号人也就选出来了。

文斗舅大概是晓得厉害的。他早早地背了铺盖出来,拣最烂的衣裳穿了,鞋也多备一双,怀里还揣了一兜子凉红薯。因为"成分"本来就高,也就不参加选了,远远地坐一边等着。贤惠女人见了,纷纷回家给上路的汉子准备。一时炊烟缭绕,一片"扑嗒、扑嗒"的风箱声。撑门面的汉子也觉得有再担一缸水的必要,各自挑了水桶出来,顶天立地地走。

一顿饭工夫,舅们各自背着铺盖出来,分明都穿得厚了些。女人扯着孩子送出来,有泪在脸上流,却逗孩子笑着叫"爹"。唯有狗娃舅没有铺盖,套了他瘫在床上的老爹的长褂儿,大甩袖子,人前人后晃悠。竟追着队长舅的屁股说:"不会不管饭吧?"

没人应,各人脸上苦苦的。

于是，队长舅在前领着，拉拉溜溜一百几十号"坏分子"相跟，默默地往村外走去。不时有人回头，恋恋地看那站在村街里的女人。狗欢欢地跑着，一直跟屁股撵到村西，被谁踹了一脚，才夹着尾巴跑回来。

日光斜斜地洒在黄泥巴墙上，久也不动，像钉住了似的。一只拉"犁"的"牛牛"在黄泥巴墙上爬，仿佛有一世那么久了，却还在墙上贴着，总也爬不出那光的圈。它却一刻也没有停过，无声无息又无休无止，叫人不忍去看那韧的坚毅。秋风从田野上掠过来，携来了一阵阵秋凉，树叶一片片地落了，间或有几片随风荡去，终又飘落下来。于是，村舍越加显得破旧，连瓦屋的兽头也狰狞得很无力。村里时时有女人的哭声传出来，断断续续，伴着一两声单调的驴鸣。这沉沉的、燃着淡淡秋阳的白日是何等的难熬啊！

落选的汉子背着老镢到地里来了，总也闷闷地往西看，似乎觉得亏心，只有下死力干活。那扬起的老镢一下比一下狠，一下比一下重，腰杀得低低的，弓着汗涔涔的黄脊梁，赎罪似的背那红日头……

饭时，村里哑了似的静。倏尔从田野上飘来了野野的唱，十分的欢快，响亮。仿佛那心底的笑意也随了歌声飘来，染了一村活鲜。原是选上"坏分子"的汉子们又回来了。进村就骂：

"队长那驴日的！上头叫一村选一个，他驴耳朵竟听成两人选一个！……"

于是，欢声、笑声、鸡声、狗声，响成一团。一个个像是大赦归来，各自欢欢地回家与女人温存。

泼辣辣的妗们齐伙拥出来，在村街里把队长舅按住，扒了裤子，笑骂着抬起来在碾盘上打"肉夯"!

只是不见文斗舅回来。也没人问。

村歌四：

> 河套里有只红蚂蚱呀，
> 
> ——红蚂蚱呀;
> 
> 味楞楞飞上了(呀个)灰灰兔的家呀，
> 
> ——灰灰兔的家呀;
> 
> 四条脚出律律律，
> 
> ——出律律律;
> 
> 扔下了兔儿子夜夜喊(呀个)妈吧，
> 
> ——夜夜喊(呀个)妈吧。
> 
> ……

## 谷场上

谷子上场了。

汉子们在场边吸过最后一袋烟，仰脸望天儿，眼刺得芒疼。队长舅一声："起响。"纷纷站起，各自扛了扁担回家。瞭见带儿一般的炊烟飘来，始觉饿了，步也就更快。连山舅赤着一张红脸，烈子舅墨着一张黑脸，屁股亲亲地对着，只是不动。队长舅眯着眼儿，看看天儿，又瞅了两人的恨劲，在土里把烟拧了，说："后响起垛，二十分。"

烈子舅斜一眼过来："要垛垛圆。"

连山舅也不看脸儿，对着天说："要垛垛方。"

"——垛圆。"

"——垛方。"

"你那圆垛算个屁！"烈子舅身子一拧，满嘴喷沫。

"你那方垛算个屁！"连山舅扭身过来，头顶着头，一脸不屑。

"狗日的！百十亩谷草值起俩屁哩垛？反了我，老子不记分！"队长舅火了，一声吆喝，背手走去了。烟布袋在胯上一甩一甩。

"不记就不记吧。"连山舅嘟哝一句，依旧蹲着不动。

"屁！你那工分老子不稀罕！"烈子舅说着，刷地脱去小褂儿，露一身黑肉。两肩弓起，腰带又细细一勒，越显得膀宽，两行排骨，扇儿一般透出来，紧绷绷。就那么甩甩地到谷堆前去了，大脚一挑，一把光溜溜的桑杈顺在水里。于是两腿八字叉开，一个大字挺出去，浑然于天地之间。肩上、肋上、胯上，渐有力显出来了，阳光下，似有钢缆在韧跳，细听听肉弦儿"嘣嘣"带音儿。接着便是"唰唰唰……"一阵风旋起，谷个子扬得飞花一般！一袋烟工夫，只见那案板似的大脊梁腻腻地亮了，一"豆"一"豆"地泛出七色光彩，酷似锻打的红铁。一时叫你觉得，纵然天塌地陷，这汉子也是不会倒的。

连山舅仍蹲在场边，悠悠地吸着旱烟。那眼似睁似闭，一任日光冉冉。一直待到烈子舅那圆垛的垛根盘起，这才慢慢站起，晃着往谷堆的西头去。走着，不经意地弯腰一捏，那桑杈便粘在手上，又抓一把熟土，轻轻在把儿上一捋，涩涩。就势下巴儿一贴，桑杈又像是粘脖子上一般。一时两手背了，那桑杈便在脖里转，初时慢，紧时呼呼生风。只见那水蛇腰软软，屁股拧拧，脑袋打花儿转，身上似无一处硬。活脱脱似那扳不倒摧不折拧不断的柳！待那屁股不拧，水蛇腰不颤，脖儿挺了，便有桑杈箭一般飞出去，准准地扎在谷捆上。人近了，软软一挑，谷个子飞走，声儿带哨儿，"嗖嗖嗖……"分东西南北向，四角四方，一个长方形的垛根定了，不用量，长长宽宽各有讲究，是一分也不会错的。看呆了你，便有生的滋滋味味从心底流出来，也想昂昂地活。日月尽管漫长，不也很有趣么？

天上飘着一片白净的云。云下有雀儿飞，一圈一圈地在场周围打旋儿，近了，又远了，扇儿一般群旋在地里，再斜斜地飞起，馋馋，却又不敢靠场……

烈子舅在东头看了，也不搭话，只重重地甩口臭唾沫，更撑死那"大"的架式，脖儿弹出两条青筋，扬起长杈，手腕子极快地翻。浑身像洗过的黑缎子一般，汗水泡软了两只大脚窝。那谷个子飞飞扬扬，一个压一个，一个㧽一个。只见那圆垛一层层高，一层层高，头朝里，根朝外，茬口齐整整的，像泥抹子抹出来一般光滑。远远地看，似通天立起一根圆柱……

西边，连山舅的水蛇腰像弯弓一样弹着。把一根软软的桑杈，轻轻巧巧地挑着谷个儿，一颠一倒，垒花墙一般利落。步法也是有讲究的，前前后后，那脚印竟也一环环套；方垛也就层层相叠，角是角，棱是棱，四面墙立。

日错午了。太阳斜斜地照着，场地上晃着两条动的影儿，一时大了，一时又小，映现着力的角逐。不时有呼哧呼哧的喘声出来，那影儿却还是麻花般地拧……天静静，地也静静，寂寥的旷野只有这两个汉子。

终于，烈子舅喘一口粗气出来，挑上最后一个谷个子，给那圆垛盖齐了"垛帽儿"。累乏了，却仍然神叉着腰，扬头要唱，却又哑了。西头，连山舅那方方的垛上竟也盖起了"垛帽儿"。桑杈已扬起，只差这一弯腰一直腰……

烈子舅晃晃地站直了，两眼暴起，张开冒烟的喉咙泼口就骂：

"日你那方周周——！"

连山舅举着桑杈，勉强撑起水蛇腰，也骂将过来：

"日你那圆溜溜——！"

两人先是各自站在垛上"日"，整整贴上一袋烟的工夫，待气喘稍匀了些，恨极，又一窜一窜地"日"过来。"日"一个昏天黑地！人已累翻，气实实难咽。又甩去桑杈，各自杀紧湿津津的腰带，双手背了，来个二牛起架，头对头顶起来！……

一只花狗叫着跑来，围着两人转了三圈，晃晃头，去了。

两人杠直脖子，一来一往，一进一退，在光溜溜的场上展开了车轮战。眼看迫近方垛的时候，连山舅死命顶回，牙咬得碎响；逼近圆垛的时候，烈子舅脖子里青筋暴紫，命一般护着。地上踏出一片湿湿的脚印，只听喉咙响……

忽然，村东村西有女人恶煞煞地喊过来：

"烈子，你死到场里啦？！……"

"连山，饿你八百年不出魂叫你下辈子托生成驴啃谷草屙驴粪，你回来不回来？！……"

似一声令下，两人这才各自退后。死翻着白眼，瞪瞪。慢慢有一口气噎上来，手抖抖地指了，半日才有话出来：

"来年看。"

"来年看。"

一时慌慌掂起小褂儿，迎那恶煞煞的女人去了。咕噜噜噜……女人骂，肚子也骂。

场上静了，剩下一方一圆两座谷垛，兀自立着……

村歌五：

高高地挑哟,
——我哩垛吔；
轻轻地摞哟,
——我哩垛吔；
一环扣一环哟,
——我哩垛吔；
环环紧相连哟,
——我哩垛吔。


## 瞎子舅

瞎子舅回来了。

进村的时候，那根引路的竹竿儿不再点，顺在胳肢窝里夹着，像常人一样走路，只背上多了一架胡琴，一副"呱板"，分明有艺在身了。肩上仍旧是一挂褡裢，旧的。村里人说，褡裢里定然会有一盘用荷叶包的肉包子，那是给他娘捎的。虽然他娘死了。

这次回来，光景仍不见好。对襟褂子灰灰黄黄，大裆裤皱皱巴巴黑掖着，一双旱船鞋前帮早已踏烂，污露着洞中"日月",叫人遥想那一根竹竿敲出来的漫漫长长路。脸上空空地静着,似无忧也无喜。只是面相粗糙了,风切了纹出来,添了些许沧桑的痕印。两眼也就慢慢眨,白白睁,一副了然然的深邃。然而却多了一个女人在身后。那是个外乡女人,显然是随他来的,一脸生怯。路也怕是走得不近了,女人脸上汗涔涔的,那穿在身上紧紧的碎花布衫倒也干干净净,有红在汗脸上漫漫,却仍然定定地跟了走。

村里人和他打招呼,痒了心地想问。

"福海,回来了?"

"哟嗨,福海,媳妇领回来了?!"

人们哄声笑了,笑得很痛快。一个瞎子能娶上媳妇么?一个瞎子,就像针眼里穿骆驼一样叫人摇头。可就有一个女人跟着来了,总叫人疑疑惑惑地想探明白。虽然都晓得那绝不会是他媳妇。

瞎子舅站下了,手在口袋里摸着,掏出一盒纸烟来,揭了封口,扬扬地朝前伸出去:

"吸吸。二哥吸着。老三吸着。五叔……"

待那外乡女人走近些,瞎子舅缓转了半个身,寻声儿对那女人说:

"这是村上二哥。"

那女人低低头,红潮未消,又晕晕地润上一片:"二哥。"

"这是本院五叔。"

那女人又低低头:"五叔。"

"这是二大爷了。"

"……二大爷。"

一听话音儿,竟果然是自家村里媳妇了。众人再也不敢造次,举着烟忙忙后退,惊呆了似的看那女人,失声叫道:"噢,噢。上家,上家……"

聪明些的,忙又拱拱手:"福海,贺喜,贺喜了。"

村里女人疯了似的围过来,雀儿一般喳喳着拥那外乡女人去了。汉子们却怔怔地蹲着,看看天,太阳正慢慢西坠,似不曾是梦。又十二分地不信,摇摇头,又摇摇头,恨恨地把烟碎去,骂一句:"日日的!"

喝汤时分,一村人都拥来看"瞎子福海家里的"。端了饭碗的手擎擎地举了半道村街,手腕竟也不酸。连狗也跟着喜,"汪汪"着蹲屁股叫唤。生过娃儿的妗们又疑那女人腰里紧,怕是"那个"了。

炊烟散去了,淡月遥遥升起,夜风在村街上掠过,悄然地旋去几片黄叶。村西便有胡琴声传来,那是瞎子舅为村里人"献丑"了。

……一曲缓缓、哑哑的唱流水一般泻来。一时月白风清,狗也不再咬,但见星儿齐齐眨眼溅破点点银白在树梢儿。在延向久远旷野的灰带子一般的土路上,仿佛有一双沉重的脚在路上走,一踏,一踏,一踏……走碎那密织的夜。似乎连鬼火也不再狰狞,亲亲地操了乡音在说:兄弟,你不歇一歇么?已经走了那样远了,你还要走下去,那路是无尽的呀……

听曲儿的妗子们在眼里沾了泪出来,心里叹一声:这瞎福海真能啊!

夜更深些,打光棍的舅们终于把瞎子舅诓到牲口屋来,急煎煎地围住他,问:

"福海哥,你是卖老鼠药那会儿认识这女人的?"

瞎子舅默默不语。

"是算卦那会儿?"

还是不语。

众人又把凑钱打来的一斤白酒倒了满满一碗捧上:

"福海哥,兄弟们给你贺喜了,干了!"

瞎子舅接过来,咕咕咚咚一气喝干。亮了碗底后,用袖子擦了下嘴巴,有红在脸上慢慢透出,身子却一晃也不晃。只欠身拱拱手,谢过众人。

众人瞪大了眼,又问:"福海哥发大财了么?"

有一个时辰了,瞎子舅眼眨眨地说:"爷儿们是想叫我算一卦么?"

没人算,只叹他的好酒量。知道再也问不出什么,又默默地往那女人身上想……

这晚,十几条光棍汉把床上的铺草都滚翻了,一夜都在思量瞎子舅和那女人。怎样的一个角色,竟也能寻下媳妇?那媳妇竟还是自家走来的，不曾用绳索捆绑，说来就来了。这瞎子究竟使了什么妙法，居然能诳得一个活生生的女人回来？

听村里人说，这福海舅生下来就是瞎子。那时，倒也眼睛大大，眼珠白白，并不晓得会有一世黑暗等着他。只是烈哭。有一天，哭得急了，险些被他老爹扔去！只他娘不忍心，才恩养下来了。长大些的时候，才知道世间竟还有光明，只是他一人将永世不见。于是终日坐在床上，默然地打发那无尽的长夜。

天晴了又阴了，花开了又落，庄稼绿了又黄。熬得那一轮火红的日头遥遥升起而又缓缓坠下，月牙儿在云中摇去一弯一弯银船，瞎子舅脸上终于熬出了木木的静。不知什么时候，他走出来了。先是掂一根竹竿在手里，后来不再掂竹竿，竟也能在村里转弯抹角了。突然有一日，人们见他掂了一只瓦罐到井里打水，直直走来，一步不差地站在井沿上，不曾试探，就松下那瓦罐，"咚儿"一声，提满满一罐水上来，又直直地回去，叫那打水的女人咋舌！

人说，这瞎子舅命太硬，过不多久就熬死了爹。只靠娘来养活。那日子就越发地艰难。娘背草回来的时候，常常有一串带血音儿的咳嗽伴着，每夜都要他捶好久才能入睡。只怕这当娘的熬不多久，也会被他熬去……

终于有一日，他突兀地摸到娘的床前跪下，久久，有两行泪出来：

"娘，你不该生我……"

说完，摸索着走出去了。此后，那瞎眼再不曾有一滴泪流出来。

他就这样走了。仅仅带去了一根竹竿。听人说，他曾在外乡的集镇上卖过老鼠药。当老鼠药也不让卖的时候，他又到更远的地方去跟人学算卦。一个瞎子，一字不识的瞎子，那阴阳八卦、天干地支、二十四时，加上五百年的历头竟也背得滚瓜烂熟。生辰日月掐指便一口说出，很有了些名气。后来，卦也不让算了，他又跟人搭班儿唱曲儿，拉一手好胡琴……他在风里坐过，在雨里蹲过，在漫天飞雪冰冻三尺的日子里走那漫长的路。上苍从来不曾厚待过他，可他仍然默默地活着，每次回村，都将会有一盘荷叶包的肉包孝敬在娘的眼前。娘死了，他恭恭敬敬地放在坟上。似乎那黑暗有多顽强这生命就有多顽强，那坚忍的活叫村里人看了发憷……

现在，他带了活生生的女人回来了。

那女人是从不串门的。瞎子舅每日到外村去唱曲儿，天一落黑便早早地回来，那女人一准倚在门旁望他，那目光幽幽的。进屋来即端上洗脸水，饭盛上，接过胡琴挂在墙边，一切都在默默无言中。于是又双双坐下：

"你吃。"

"你吃。"

也许有一片肉在碗里来回递着，夹过来又夹过去，瞎子舅会"嗯?"一声,那女人也"嗯"一声,终究还是那女人吃了。

两个月之后,便有响亮的哭声从屋里传出来,那女人生了。生在屋里的草木灰上,一团粉红的小肉儿。瞎子舅竟弄来了极珍贵的红糖给那女人补身子。请村里女人来收生的时候,脸上破天荒地有了笑。妗子们送鸡蛋来贺喜,硬拽着抹了他一脸锅灰。汉子们让他打酒请客,他也就请了。只是把孩子抱出来看的时候,都觉得不像。那孩子白白粉粉,没有似瞎子舅的地方……又是一阵叽叽喳喳的疑惑,只不肯说出来。可瞎子舅亲孩子的样儿又叫人实信不疑。在那一个月里,他脸贴住那"红肉儿",喊出了一百多个疼煞爱煞的人才会叫出的名堂:"狗狗子,肉肉子,宝宝子,蛋蛋子,心肝子,心尖子,剩剩子,栓栓子……"

又过了一个月,那女人抱着孩子去了。有人问了,瞎子舅说:"回娘家了。"再没有话出来。

仍旧是远远地去他乡唱曲,一把胡琴,一副"呱板",走一条黑暗的路……

村歌六:

> 红红的日头一大垛哟,
> 长长的影儿一坨坨;
> 黄土路上外乡的客哟,
> 一步一磕朝阎罗……

## 老　磨

　　灰驴戴着"遮眼"一圈一圈地走，踢嗒、踢嗒碎着。老磨就随了那碎声转，唱一支古老的歌。汪儿姥姥在面柜前坐了，白白干干皱皱的手把了细罗，"咣当、咣当"，晃一身灰白的薯粉；晃一串单调、悠长的音儿在静了的村街里传。于是那间隔了很久的"嘚儿、嘚儿"赶驴声线儿一般细出去，似要扯了那淡淡的秋日一同磨。

　　老槐舅爷搬只小板凳在磨房前的朝阳处坐，半闭着眼儿听那老磨响。一张被岁月的纹切碎了的脸，漫散了沉沉的暮，将一星儿一滴的活气网死，那团破破烂烂的棉絮，也就死了的静。倏尔一声干哑的咳传出，很骤。似喝住了灰驴那无休止地转于极静的一刹，一切重又复归。仿佛不曾有过什么，那"咣当、咣当"就一直响下去。

　　一时，橐橐橐橐光屁股娃儿跑来喊奶奶。那灰驴走，罗儿却停了。柔柔长长地一应，粉红的小肉儿闪进磨房去了。

　　咯咯咯咯，一串童音儿雀儿散出去，击乱了那淡淡秋日淡淡云。便有破棉絮探出一双老眼，追了那粉红远去，又慢慢短回来，熄了一线亮光。嘴巴磨磨地动了，仿佛自言自语：

　　"那年槐花开得真好……"

　　灰驴一圈一圈走，老磨吱吱呀呀转，不见罗响。

"一嘟噜一嘟噜……"

灰驴的"遮眼"斜了,透过朦朦胧胧一线白,极细微的一线。于是又走下去,一条长长的夜路。

"大月明地儿里白粉粉一片……"

罗儿"咣当咣、咣当咣",失了那平缓的节律。一时急急快快,乱钟一般;一时又缓细如滴,半日一"当",半日一"咣",似断如续。

灰驴仍旧一圈圈走着。只那一线慢慢晃大,慢慢晃大,终于有一只大大的眼独出来,一环环白着,凸那黑黄的仁儿。便停了四下看,仿佛知了终日在磨道里走得无味,立时蹿将起来,犟着长长的驴脖挣那套绳,险些把磨掀翻!汪儿姥姥怔怔地抬起头来,忙又慌慌地去抓那断了的套,被灰驴拽倒在地上,拖着跑了出来。在暗中待久了的驴眼被茫茫的秋阳刺了,"咴咴"地昂天长叫。

老槐舅爷动了一下,那屈成一团的破烂棉絮陡然长出七尺身量,只是极快地一跃,抓起墙边的扎鞭甩了过去,炸雷般脆响!

灰驴站了,抖着一身灰毛。于是又拉回磨道,戴正了"遮眼",一圈一圈走,重碎那踢嗒、踢嗒……

面罗重又响起来,"咣当、咣当",和着天际那悠悠淡淡的白云化入无尽的久长……

磨房里传出了细微的一叹:

"孩子大了……"

那长了的老腰重又弯回破棉絮里去了,随着便熄了一线亮光,沉沉如死灰。老槐舅爷闭着眼,身子悠悠地晃……

队长舅一甩一甩地走来了,拍拍老槐舅爷,大声说:

"二叔,戳。"

那合拢的眼缝似移开一线,又闭了。

队长舅两手捧了嘴巴贴近老槐舅爷的耳朵炸声喊:

"二叔,给你说媳妇哩!"

"鳖儿!"老槐舅爷一声骂出来,眼随着睁了。

队长舅那张从来不笑的瓮脸竟也乐呵呵:

"二叔,拿戳。民政局的款来了。"

老槐舅爷在腰上抓了一把,递过那黑污污的烟布袋,布袋上拴着一颗老玉石小戳。队长舅接过来在嘴上哈一层雾气,就势在小本本上盖了。递过五元钱,又说:

"二叔,那会儿你要是不回来,怕也坐上屁股冒烟儿的车儿了!"

忽然磨房里传出汪儿姥姥的骂声:

"滚!"

于是,队长舅不敢再儿戏,灰溜溜地去了。——那是他的娘。

踢嗒,踢嗒,踢嗒……

咣当,咣当,咣当……

灰驴，老磨，秋阳……

村歌七：

高高坡上一棵槐哟，
哥把妹的门拍拍。
有心隔窗应一声哟，
又怕黄狗咬出来。
一去十八载……

## 村孩儿

队长舅竟也怕一个人。

那是个孩子，眼角里总黏着两蛋蛋儿眼屎的孩子。穿破袄露肚皮，路当间站了，鼻子"哧溜、哧溜"响着，拿一小节扎鞭梢儿，气势势地一指：

"老三，过来。"

"喊叔。"

"老三，你过来不过来？"

"鳖儿——喊叔！"

"老三，我日——"这孩子撅起肚儿，两手神气地一夹，做出仰天长骂的样子。

不料,队长舅也就乖乖地走过去蹲下了。

那孩子两腿一跨骑在脖里,叫一声:"逮马!"队长舅立时驮了他起来,早有小扎鞭在屁股上抽,昂昂地在村里骑过。有时还得在村里转上三圈,才拧了耳朵放他走。碰上哪家女人,队长舅喊一声:"鳖儿的裤子烂了,给他缝缝。"说了,一准儿有女人拐家拿了针线出来,好言哄他咬一根黍秆儿在嘴里(这样不生灾),就势蹲下给他缝。缝好,在裤裆处把线头咬断,替他拍拍身上的土,又任他撒欢去了。

久了,才晓得这娃儿叫国。能和我这客居姥姥家的城里人享有同等待遇的,在村里怕只有国一人了。他更是走哪儿吃哪儿,走哪儿住哪儿。在广袤的乡野,捧了小木碗出去,足可以吃遍天下。外村人问了,他自然气势势:

"爹死了!娘嫁了!"

于是有人慢慢细细打量国,在心里骂那不知为什么要走而终于走了的国的娘,心陡然地为那"爹死了!娘嫁了!"的响亮亮所动……

在村里,只有五姨的话国才肯听。五姨出门便亮了一道村街。不曾见她怎样打扮,但见那油亮亮的长辫儿,红红润润的脸,黑葡萄般的眼仁,总扯了年轻汉子的眼珠滴滴溜溜跟了转。拖着鼻涕的国又常常像尾巴一样跟着,还要五姨扯了走。就有更多的人凑来跟国搭话,争着驮他。国也就更神气,一节小扎鞭在年轻汉子的脊背上抽飞。汉子喜喜地瞅了五姨,心里也就痒痒地乐。夜里,常听五姨在喊国跟她去睡。国一蹦一蹦地窜进五姨家,跟五姨睡在西厢房里。听见半夜有人拍门,五姨在国的腿上拧了,他便跳起来朗声骂:"我日你娘!"于是,便不再有人敢来。国像躺娘怀里一般死睡到天明,也六岁了,还常拱那奶子……

第二日,有人问:"国,跟老五睡了?"

"睡了。"

"老五的奶子白么?"

"白。"

"软么?"

"软。"

"你摸了?"

"摸……摸你娘!"一头撞将过来。

恨这娃儿跟村里最美最秀最辣的姑娘睡,恨得牙痒,却有"爹死了娘嫁了"架着,不敢造次,只好任他撞了。

有一天,村里人在空了的大庙里拣烟。五姨无意中在泥胎后头的空洞里掏了一把。不一会儿,便肚子打阵儿疼,疼得她满地滚。慌得妗子们赶忙烧纸磕头,给五姨愿呀。国却一花眼儿爬上那泥胎,拿一节小棍,"叭、叭、叭"敲断了泥胎的三个指头!一屋人脸都白了,他仍叉腰在泥胎的肚子上站着,大声喊:

"姑，还疼不？"

妗子们战战兢兢地问他："手指头麻不？"

"不麻。"

"疼不？"

"不疼。"

于是，人们齐声说："这孩子是贵人。"

他便嘻嘻笑，揉揉腰，鼻涕流到了嘴边，忙又哧溜回去。

没人的时候，有大人拉了孩子在他裤裆里钻，一连钻三次，想必要借一借"贵人"的福气，只是不说。此后，每每有比他小的孩子大街上走，国便腰一夹，叉开两腿，高叫："钻过去！"

忽一日有人捎信儿来，说国在王集偷了饭馆里的钱，被人抓住了。一时慌了全村，焦焦地立逼队长舅去王集领人。队长舅破例买了盒锡包烟揣上，饭也没顾上吃，掂了一兜窝窝便去了。

黄昏时分，国被领回来了。一村人围着看，可怜那小胳膊活活捆出了两道绳箍！疼得一干人掉下泪来。队长舅黑着脸把国领进仓屋，从捎窝头的破兜里掏出一个荷叶包来，里边是一盘肉包，冲他一瞪眼："吃吧，匪才！"

国看着他，上前两手抓了四个，馋馋地吃起来。队长舅吩咐人叫来了长辈分的老者。五姨也来了，贴着门框看他吃。待他吃光，又慢慢舔净了手上的油。队长舅一声断喝：

"跪下!"

国扬起脸,想笑。却见一屋黑气,早软了膝盖怯怯跪下了。便有皮绳从身后拿出来,上去扒了裤子,露那红红的肉儿。只见一皮绳劈下去,屁股上两道红印暴起!先有骂声出来,继而是弹腿哭。接下,一绳快似一绳,一印叠上一印,便杀喊"五姑"求饶了……

五姨不忍看,转过脸去,却又助威般地喊:"打呀,老三,给我往死里打!"

腿不再弹了,只喊爹喊娘喊祖宗地哭……

"还敢不敢了?"

"不敢了。"

队长舅扔了皮绳,在一旁蹲了,拧烟来吸。长辈和五姨一同上来点化他,说了这般那般地好好恶恶,国却只是哭。

队长舅吸上一袋烟,又问:

"国,你长这么大,见谁家丢过一根针?"

"没,没有。"

"谁家丢过一根线?"

"没有……"

"鳖儿,丢人丢到王集去了?!是短你吃了还是短你喝了?这村里多少辈也没出过贼,你他妈做贼!"

"三叔,我不敢了,再也不敢了。"

"你好好听着,再见一回,打折你鳖儿哩腿!……"

国抽抽咽咽地哭起来，整整哭了一夜。村里妗们川流不息地来看他，还特意做了好吃的端来。五姨陪了他整整一晚上，烧热水用毛巾给他焐屁股……三天肿才消下来。

经了这一顿恶打，国老实多了。村里孩子见了，也不再怕他。

待我离开村子的时候，国也到王集上学去了。那天，全村人都出来送他。国穿着队里给他出钱做的一身新褂儿，脚蹬五姨给他纳的一双硬帮厚底的新布鞋，陡添了不少文气；队长舅用架子车拉了那三表新的铺盖（队里出棉花出布料，妗们搭夜套的）在村口等。众人又好一阵夸他。一百多户人家，不知谁先起的头，一家拿出一毛钱来凑齐送他。有实在拿不出的，送两个煮熟的热鸡蛋，面子上又觉得对不起人。这一刻，洗净了脸的国仿佛真长大了，恋恋地叫姑、叫婶、叫大娘、叫大爷、叫叔……叫得人心里酸酸。

后来，听说国果然上了大学，干大事去了。只是再没有回村来，也没有一字给村里人写。村里人每每提起他，却总溅着唾沫星子说"咱国在外头干事咋咋……"平添了许多荣耀。

多年之后，有幸在省城碰上了国，已无一丝乡音在口里。问他想不想回去看看，他说："家里没人了。"

淡淡。

村歌八：

勺子磕住门头叫,

远哩近哩都来到。

孩儿,回来吧!

——回来了。

勺子磕住床帮叫,

远哩近哩都来到。

孩儿,回来吧!

——回来了。

……

## 绿嘴儿牡丹

世上的女人,给我印象最深的怕也就是五姨了。

冬日很短,夜又像化了似的长。那天总也阴晦着,久久磨不出笑脸,村街就越发地单调沉闷。日子呢,像过了一世那么久,而又慢慢地重复,寡味得叫人愁。于是,五姨挑了水桶出来,村街里陡然便有了活气:天仿佛不再压头地闷。似有云动,恍恍地有光透出来;地呢,那看腻了的黄土路也就多了些贴人的温热。有深深浅浅的辙印显出来了,冻硬了的牛蹄印又似凹凸的砚台一般有趣;灰了的泥巴墙上有公鸡在悠悠散步,老牛"哞哞"地拖出一长串村家的盎然；秃了的树枝也似在慢慢伸展，有活力从老根处漫出来，渐渐有一点点绿透在枯了的树皮上。伴着那脚步声，仿佛有跳跳的音儿响出来，耳畔也似真有了铃儿叮当碎弹那沉沉的秋日；不曾有风，也不曾扭动，就见那扁担颤悠悠，桶儿晃悠悠，细腰儿软软地风柳去……顿时叫人觉得生活也还有趣。日子漫长，终也会一日日过去的。脸上就松快些。

那手更是一支欢快悦耳的歌。抓了什么，便有活活的动在上边，跳着细巧和灵捷。织布的时候，扎花的时候，纳鞋的时候，仿佛有丝弦在那手上奏着，扯那明快的跳跃。当那细小花针在绷了的白布上"咬"，一时便有鸟儿、鱼儿、虾儿跳出来，鲜了人的眼……

那时也就十七八岁。惹了多少乡下汉子做她的梦。却又不敢近前。那性儿说烈也烈说柔也柔，那心说软也软说硬也硬，就云儿一般在天上飘着，不是那命运的绳儿在黄土地里系，怎能白白地被村里汉子霸看了那多年？谁都觉得她终有一日要飞去，只盼时日能拖得长一些，再长一些……这是个能给男人百般温柔，又能贴上命为男人打天下的女人哪！

然而，她走得竟是那样的突然，那样的……

记得是县剧团到村里来了，要连演三天，免费给乡下人看。于是，一村人热闹得像过节。

日头高高的时候，女人们便早早地放工回去做饭，在搭了戏台的空场上，早有家人摆好了凳子。天一擦黑，四乡的人都拥来了，远远的十几里地都是人声。好像早年有个叫"小五子"的唱得好，人们便嘴上老挂着"小五子"，像是自家人一样。然而却又不是"小五子"，只一干人在台上蹦着唱，穿一身绿军装，脸上红红白白，十分英武。特别是有一个浓眉大眼的白脸子，很招女人的眼。于是人们又记住他叫"少剑波"。

半夜时分，到戏台后边的空地上去尿。转过身来的时候，忽然看见五姨在戏台下边猫着，不知在干什么。也就跑去了。只见五姨歪头从戏台的板下往上瞅，两眼烧烧地亮着，暗中已觉红腾腾。透过板缝的亮光，她的手在板上抟着，仿佛在量什么……

第二天，又见五姨到代销点扯了黑布回来，掩了门一个人在屋里躲着，一天都没吃饭。叫了，说是头疼。

晚上又是演戏。一村人都早早占位儿去了，独独五姨没有出门。待到戏散时，五姨才悄悄地来了。她围着戏台转了两圈，一直等到看热闹的小孩也走尽了，却又叫我回来，眼儿怔怔地望着我，嘴上咬出一圈印痕之后，才从背后拿出一双鞋，让我去戏台上给那白脸子……

此后，两人不知怎么到小树林里去了。那晚，大月明地儿里，我头一次见五姨穿得那么鲜亮！

三天后，县剧团走了。村子里曾热热闹闹地说那"少剑波"。过了些日子，也就淡下来，依旧慢慢地熬那老日头。只五姨脸上怅怅，像有了病似的，也从不跟人谈论"少剑波"。很想跟人说一说五姨做了鞋送人，偏五姨又吩咐不让说，也就忍着。

常常见有人提了礼物到五姨家。三姥姥又满村喊着找五姨，五姨只是躲着不见。终于有一日，一家人都上去打五姨，五姨却紧闭嘴巴，一声不吭。打急了，她疯了似的跑到井上，在井沿边边儿站了，一只脚高高抬起，对追来的家人说："再撵一步，我就跳井！"

于是，一村人都来求她别跳，家里也就只好作罢。

没人的时候，五姨问我："文生，你回城去么？"

我摇摇头。

"你不想你妈？"

我怔怔。

"你妈想你了，你也不回么？"

"妈妈……总把我锁屋里。"于是，我吞吞吐吐。

又是久久地怅然。五姨那好看的脸子瘦了，眼上黑了一圈……

"你回去的时候言一声。啊？别忘了，悄悄告诉我……"

我点点头。

又过了些日子，村东的哑巴坑干了。那是个死坑，夏天里水满满的，一到冬天就干。狗娃舅跳下去挖坑泥，竟挖出一双鞋来！洗净了，却是新的。连那鞋里垫的袜底也是新的，还精精意意地绣了一对绿嘴儿牡丹!

狗娃舅喜得哇哇叫:"谁把一双新崭崭的鞋扔坑里?真他娘的傻!"

晾干后,狗娃舅每日里踏拉踏拉穿着在村里走,见人就张扬:"老三,我捞了双鞋!"

便有一圈人围上来看。他就脱下来拿在手里,指着让人看那一对绿嘴儿牡丹,活鲜鲜的。

碰见五姨,狗娃舅踏拉踏拉地走近去:"姐,我捡了双鞋,新哩。"

五姨嘴唇都白了,却说:"……怪新。"

"就是大了。"

"……大了。"

"还绣了牡丹呢!绿嘴儿牡丹,挺鲜……"

"……嗯。"

狗娃舅又想脱下来让她看,见她不再问,十分扫兴,又踏拉踏拉走去跟别人说。

五姨硬硬地走回去了……

不久,五姨突然嫁人了。走时没有哭,谢过众位乡邻挺挺地到另一个村庄去。和别的乡下女人一样下地,一样生娃,一样牵了驴去磨面,听那磨响……

后来,听五姨的女婿说,五姨哪点都好,就是打从过门儿没笑过。好在庄稼人不靠笑过日子,这姨夫也就认了。

只可惜了那双鞋,被狗娃舅踩得不像样子。

村歌九:

大月明地儿里并肩肩坐,
妹子叫声郎哥哥:
一颗心儿给了个人,
十匹骡子拉不脱,
不信你摸摸……

## 老坟地

几株老柏寒寒地立着,枝头上散着乌秃秃的翅儿动,"扑扑"地扇着膀子黑去了,送一声闷长喑哑的"呱——",便有一坨一坨的"土馒头"漫向久远,把千百年的死静扯到眼前来,肃然地凸向天际,让活着的人敬……远远,一座巨大的"土丘"突兀地立在最后,丘前剑一般竖着一通石碑,丘上默然地丛一束旺绿……看了,膝盖软软地想跪,终于记了那是"子孙葱"。忽儿有风旋起,冥冥之中似有苍老的魂灵在说话:

"那是老祖坟。老祖爷是从洪洞县大槐树那边过来的。听说是背着一张木犁,走了七天七夜才走到这里来,他走不动了,也就不走了,就用那木犁开地,一沟一沟犁出了一个庄!……"

一时,眼前晃晃的,似有一张巨大的木犁犁过来,犁杖上黑乌乌地亮,带着饱喂血汗后的腥气……

忽有一线柔柔羞羞的"嗯"声在耳际飘,系了那吓傻了的魂儿,才想起五姥姥带着才过门的新媳妇来认坟,我也跟到老坟里来了。

定睛看了,一抹粉红跟那苍老的嗓音在死死静静的坟地里闪,也就赶忙蹿将过去。

"这是恁老老老爷的坟。听说那会儿是大户,后来不知怎么就败了……"

五姥姥颤颤地跪下,恭恭敬敬地在坟前磕了一个头。

新媳妇扭扭地站着,手掩着嘴儿,吃吃笑。

"这是恁老祖奶奶的坟。听说是为把你祖爷养大,守了十五年寡……"

又是颤颤跪下,恭恭敬敬磕一个头。

新媳妇仍旧站着,一团红红的手巾在手上绞。

"这是恁祖爷的坟。听说年轻时候中过秀才,后来进京赶考死在路上了……"

于是跪下,磕了两个头。

新媳妇眼斜斜地看那坟丘上的裂缝,脸上忽有飞红漫浸。

"这是恁祖奶奶的坟。听说本事老大,在场里扛粮食赛过男人，八十岁还能咬核桃……"

"扑哧"一声笑出来，新媳妇掩着嘴儿问："娘哎，你听谁说哩？"

"听上辈人说哩。我来的时候，恁奶奶也领我来认坟。环儿，你得记住墓头哩。男人家心粗，时候长就认不准了。"五姥姥怔怔地望了新媳妇一眼，软声软气地说。

一只老鸦在天上旋了一圈，又"呱——呱——"闷叫，五姥姥仰脸朝天上吐口唾沫："呸，呸。"又姗姗地朝前走。

"这是恁爷、奶奶的坟。恁祖奶奶本事大，到恁爷这一辈就不中了，老受人家欺负。地都叫人家霸过去了。还算不赖，咱家没占上'成分'……"

说完，跪下磕了三个响头！直起身来，一脸老皱网出虔诚的宁静："爹、娘，恁孙媳妇来看恁来了。咱这一门的香火断不了啦，恁老放心吧。节哩年哩，没钱花了，恁孙子媳妇会来给恁烧……"

新媳妇似也被这肃穆的死静罩了，一时脸也沉下来，默默立着。

"环儿，给恁爷、奶奶磕个头吧？"

"娘……"

"环，磕个头吧，这是规矩。"

新媳妇看了自己的新衣裳，腰扭扭着，似听见了冥冥之中的魂灵的呼唤，怯怯地跪了……

在坟地里待久了，心里怯怯地怕着什么。便往红烧的远处看。只见坟地边的一个坟头上消消停停地坐着"傻八儿"。这"傻八儿"终天笑着，这会儿正一声声地长喊："娘……娘……娘……"单调悠长的"娘"把坟地喊得阴森森的，只觉得头皮发紧，立时想尿。仿佛那小山一般的老祖坟也觉了当祖宗的耻辱，被那灰蒙蒙的阴风罩了……

转脸往东，立时见村头八斗舅家在扎根脚盖房。咚咚的夯声响着。几十条汉子亮着光光的汗脊梁，阳壮壮地喊：

　　石磙圆周围哟，
　　——嗨哟！
　　抬高猛一丢哟，
　　——嗨哟！
　　抬高再抬高哟，
　　——嗨哟！
　　抬高不弯腰哟，
　　——嗨哟！
　　咱们那（呀个）往前走哟，
　　——嗨哟！
　　咱们那（呀个）往前挪哟，
　　——嗨哟！
　　……

一时天光亮了些，一颗心稳稳地落在肚里，吐一口气出来，仰望那力的野和响亮。又壮胆回头一瞥，似觉老祖宗那通石碑直竖竖的，透出不枉扛了木犁犁出一个庄来的骄傲！一片一片的坟头从那石碑下漫过来，仿佛那死人的队伍也阳壮壮地一代一代排开，顶那日月的艰难……

五姥姥领着新媳妇从老坟地深处走来了。只听新媳妇问："娘，那边一片坟是谁家的？"

"那都是些不守规矩的，死了也不能入老坟。"

"谁订了规矩？"

"许是老祖宗吧。老祖宗用木犁犁出这么一大庄人家，还能不立个规矩。没有规矩不成方圆……"

新媳妇不吭了，只望那孤零零的一小片坟，望那些死了还不能入老坟的人……

快要走出坟地时，五姥姥声音低下来：

"环，环……夜、夜黑间，小雀儿卧窝了没……"

新媳妇脸腾地红了，烧烧地红到白白的脖颈处，四下慌慌看了，娇嗔地跺脚埋怨："娘吔，娘吔，看你都说些个啥吔？"……

五姥姥脸上的皱花儿开了："环，不羞哩，不羞。自家娘们，怕啥哩？男人野性，不知疼人哩。我是怕……"

"娘，娘吔！……"

"好，好。我不问……环，要是……缝个垫腰的棉花枕……"

腾腾腾,新媳妇红着脸已出老坟地了。

五姥姥自言自语地说:"唉,老没成色。急抱孙子呀……"

风起了,萋萋荒草簌簌地唱着死亡的歌。我不敢扭头再看,一蹦子跑出老坟地。

远远的西天,正燃着一团火红的球。红红的霞辉里,狗娃舅和一群割草孩子回来了。一个个泥丸儿似的动着,亮着金红的肉儿……

我站住了,怔怔地望了老坟地,又望了西天红火里的小泥丸,突然也想野唱……

村歌十:

*老日头哟,*

*——犁哟!*

*荒草滩哟,*

*——犁哟!*

*胖嘟嘟的奶子,*

*——犁哟!*

*小红肉肉儿,*

*——犁哟!*

*五谷丰登,*

*——犁哟!*

百畜兴旺，

——犁哟！

……

《莽原》1987 年第 1 期

村 魂

据家谱记载，画匠王原叫锅片王，祖上是从山西洪洞县迁来的。大迁徙时，王家族人唯恐失散人口，聚在大槐树下砸了锅，每人一锅片作为标记……后来果就失散了。带着锅片的一王家后生走到颍河走不动了，也就不走了。再后要娶妻生子，代代繁衍，生出一个庄来。是年大旱，赤地千里，村里活口仅剩八人。恹恹，恹恹，又是一个庄。个个都能活。

## 二奶奶骂街

天晌了，日光灿灿的，村舍里飘着一缕缕炊烟，驴在磨道里叫着，伴那一嗒一嗒的风箱声。而后是泼水般的驴尿，那腥臊沿街散出去，荡得很远。渐渐有熟香飘出来，风箱声也就住了。只有日影儿钉住不动，静静地射在瓦屋的兽头上。

画匠王村从来没这样静过。往常，人们盛上饭就端出来了，一个个都到街面的饭场上来吃。你捧一只碗，我捧一只碗。或蹲或坐地倚在那棵老槐树下，说些家事、国事还有些扯淡事。兴了，就红着脖子抬杠，就日骂，一个饭场都热闹闹的。

然而，今日没有一个人到饭场里去吃。家家的院门都是关着的。也有人端了碗出来，探一探头，又缩回去了，怅怅的。

那时候，老马就在村头的槐树上绑着，血污把一张胡茬子脸涂得脏兮兮的，翻肿着一只眼。嘴巴打歪了，下巴斜斜地抽着，那身人们熟悉的中山服被绳子捆得很皱。老马的头大麦样勾着，一眼睁一眼闭，人看上去十分狰狞，鬼一样狰狞。开初还有孩子围着看，远远地看。怕，不敢近了。后来就没有了，都回家吃饭了。

放工的时候，人们都看见老马了，可人们都装作没看见老马；人们都是认识老马的，可人们都装作不认识老马。老马犯事了。老马原是乡里的技术员，后来又当了什么，很体面的。不晓得为什么他犯事了。现在押着他挨村批斗，押他的人都到村干部家喝酒去了，就把他一个人撂在那儿。早些年，老马在村里待过。那时他还年轻，小分头，戴一副眼镜，脸儿白白净净的，常在村里的大会上讲话，挨家挨户发放土地证。这些年他又来村里普查人口，给许多没名儿的村人起过名字，比如"狗剩儿"吧，他说，建国吧。于是就"建国"了。人们很信。后来老马就走了，再没来过。

如今老马犯事了。

天蓝蓝的，偶有小风一缕儿，滑过闷闷的村街，涤扫牛蹄印痕上的浮尘。日光斜斜地照在槐树上，筛下一地亮白。槐树下有黑色的蚂蚁在爬，蚂蚁们拖着一个巨大的饭粒儿，坚忍而持久地朝着洞穴的方向移动。一只黄狗晃晃地来到槐树下，诧异地望着老马，似也不敢近，又晃晃地去了。

老马就在树下跪着，面对一个村子跪着，在洋溢着明亮秋日的午后，村子像历史一样沉默。没有人走出来，一个人也没有。

渐渐，终于有了点声响了，那是拐杖叩地的声音。拐杖一下一下捣在村街的土路上，捣得很沉重。有人贴着门缝看了，那是二奶奶，二奶奶走出来了。二奶奶挂着拐杖站在村街里，久久地望着村口的那棵大槐树……

突然，晴空里就有了一声灿烂！那骤然而起的唾沫星子像碎钉般炸出去，炸出了五彩缤纷的语言。二奶奶起来了，二奶奶顿着拐杖昂声大骂：

"王家的人都死绝了？王家人的良心都叫狗吃了？王家的人不是人，是驴日的狗养的马操的礁礁摧的麻绳拧的牛鞭摔的葫芦瓢涮的！"

在八月的乡村里，在朗朗的天宇下，二奶奶骂得鲜艳而又热烈！那沉静一下子就碎了，碎在五光十色的唾沫星子里，碎在有着拖车和牛蹄印痕的村街土路上。

"瞎了，瞎了，都瞎了！王家的人都戴着眼罩呢，王家的人用女人的骑马布当眼罩，王家的人生来就是些钻裤裆的货！谷子有种，蜀黍有种，大麦小麦都有种，就王家的人没种，王家人的脊梁骨早就断了，生生就是让人戳的！王家人的脊梁骨是唾沫粘的糨子糊的麦秸条儿穿的格巴皮草系的兔子屎辫的！……"

二奶奶走着骂着，骂着走着，从街东骂到街西，又从街西骂到街东，拐杖在村街的土路上捣了无数个铜钱大的坑坑。二奶奶的骂语油炒辣椒样的炽热，油炸黄豆般的响快，又仿佛把染房的染缸抬到村街上四下泼洒，把一个体面的村街染得黑黑黄黄斑驳陆离。二奶奶一下子把画匠王女人特有的骂街艺术提到了一个极高的水平，以至于多年后仍然没人敢骂街。

先是有孩子们跑出来了。娃儿们一群一群地跟在二奶奶的身后，瞪着小眼珠看她骂。而在飘荡着和熙秋风和泼天骂语的农家小院里，在一家柴门的后面，汉子们一个个都勾着头，鳖样地蹲着。没人敢吭，谁也不敢吭，任那骂声像利刃样地在身上戳窟窿！骂得汉子们头往墙上撞……

"王家的女人都亏心了，上一辈杀人放火劫路，这一辈活该嫁到王家丢人现眼！嫁猪嫁狗嫁驴嫁马也会哼哼，嫁个鳖娃子也会爬爬，嫁个虫蚁儿也会叽两声，咋就嫁给这些没蛋子的货?！王家人的蛋子都叫铳铳了铲子铲了斧子剁了铡刀铡了门框挤了碾子碾了……"

二奶奶的骂语高扬在瓦屋的兽头上，又被秋风旋进小格子木窗，使画匠王村的女人们脸红心跳，一个个斜了眼去瞅男人，瞅得男人想尿。男人们硬憋住不尿，憋出了一头青筋。

骂着，骂着，就有汉子走出来了。汉子的脊梁骨不是唾沫粘的、糨糊糊的、麦秸条儿穿的、格巴皮草系的、兔子屎瓣的，一个个腰都挺着，很直，杠一样直。手里高擎着一只海碗，走得很沉重也很昂然。跨过门槛的时候，汉子们脸上都带着肃穆庄严的神情，凛然地走在村街的路中间。这时候天光就显得很净，人心也很净。秋阳温柔地照着人的脸，秋风像梳子一样梳理着明亮的村街，连高挂在屋墙上的红辣椒串也显得格外鲜艳、亲切。

汉子们重聚在大槐树下，把一只只蓝边海碗摆在老马的跟前。一时间，老槐树下一片海碗。有的海碗里盛的是拌了蒜汁的捞面，有的是酸汤面叶儿，有的是煮红薯，有的是荷包蛋，顶不济的也有几只隔年的红柿……

汉子们阳壮壮地说:"老马,吃!"

老马的头依旧勾着,那只没肿的独眼里有泪流出来了,泪水一滴滴洒在膝下的热土上。

狗剩,不,"建国"。建国是最后跑来的。建国手里哆哆地举着一包烟,那是他刚从代销点买的"永红"牌香烟,一毛七一盒(平日乡里人只吸八分的"经济牌")。建国跑到老马跟前,抖抖地拆开封包,把一支烟递到老马的嘴边,说:"老马,先吸支烟。"

这时,二奶奶走过来了。二奶奶手里端着一碗面,谁也不看,就从一片海碗走过去,劈劈啪啪踩出了一片碎响!踩得汉子们心疼。二奶奶近前来,一巴掌打掉了建国手里的烟,就面对面地在老马跟前跪下了。她把跪着的老马揽在怀里,挑起一筷子面说:"老马,对不住了。村里没男人,妇道人家不知理,你别怪。吃吧,老马,吃吧。"

二奶奶一口一口地喂,老马呜咽着一口一口吃,泪花儿在眼眶里转……

慢慢,慢慢,汉子们全都站起来了,像林子一样地立着。他们团团地将那棵大槐树围住,用身子挡住了老马和喂饭的二奶奶。日光照在丛林一样的人影儿上,个个都站得很直。

这天夜里,女人们都变得分外温柔,顺从体贴地让男人干了那事儿。男人们也一个个变得火爆热烈,痛快淋漓,那欢乐是多年来少有的。

一村床响！

## 牛屎饼花

教书先生窗前有一架牛屎饼花，那花儿不是他种的，是他女人种的。

女人是从前宋嫁过来的。前宋的萝卜，后宋的辣椒，不出好女儿。女人自然不很好，黄瘦，病恹恹的，教书先生将就了。女人叫先儿，咋就叫先儿呢？教书先生没问过。

学校离村二里地。教书先生每日从学里回来，就坐下吃饭。吃一碗女人端一碗，吃一碗端一碗，话是没有的。天黑了，就睡。有时候，半夜里教书先生坐起来，闷闷地吸烟，出气很重。教书先生有个挺女气的名字，叫文秀。女人说："咋啦？文秀。"文秀不吭。

后来女人就种了一棚牛屎花。这花儿种贱，一年三季开，开得鲜，朵大，牛屎饼状，爬一窗灿烂。夏日里教书先生就在花架下吃饭了。日子虽宽余，女人也尽量整置得干净些。摆上一方小桌，几样小菜儿，端上一碗粥，几个窝窝，教书先生吃得很有滋味。也有了些雅意。有时候教书先生也说上几句话，很淡的几句话，女人笑着听。吃了，教书先生就在花架下站着，长久地注视那花儿。花儿温情地放着，无香气。花儿怎就无香气呢，教书先生不解……直到天黑了，花也黑了，才去睡。

女人得的是气喘病，冬天里终日咳嗽，一罐一罐吃汤药，老不见好。教书先生眉头蹙着，却不曾埋怨过什么，日子也就淡淡地过了。女人身子虽弱，侍教书先生还是照常。人回来了就摆上小桌吃饭，仍是吃一碗端一碗。纵然日子紧巴，早上一个荷包蛋是少不了的。

教书先生还是闷闷的，话少。

渐渐有风刮到女人耳里。女人便知道教书先生原是有个相好的，那相好的叫月琴，是教书先生的同学，两人上中学的时候就好上了。月琴人高挑，长得艳，笑时西施样生动，是邻近村落里百里挑一的好女人。教书先生恋得很深。只是月琴娘不愿，一是嫌文秀家穷；二是想把月琴嫁到城里去，或许能嫁个大干部，就有倚仗了。月琴家是岗庄的，离画匠王只有三里地。有一段两人过往很密，见了就哭一场……终还是没有成。

女人留了心。

忽一日，教书先生从学里回来，女人说："月琴从城里回来了。"

教书先生愣了，脸上窘窘的，好半天说不出话来，就看那牛屎饼花。

女人说:"去吧,去看看她。"

教书先生犹犹豫豫地站着,脸相很木。女人替他拍拍身上的土,把衣裳弄得整齐些,推着他说:"去吧。"教书先生就去了。

那晚,教书先生很晚才回来。远远,就望见窗口亮着一盏油灯,油灯映着粉墨似的花架,疏疏朗朗的叶儿朵儿,素。教书先生心里突兀地升起一股温热。紧走几步,进了门,见女人在床上坐着,一时又很无趣,讷讷地站着。

女人问:"见了么?"

他说:"见了。"

教书先生脱了鞋,见床边放着一盆温水,就默默地坐下洗脚。洗了脚,坐在床沿上,一声叹还未出唇,见女人望他,省了那叹,就躺下了。慢慢、慢慢,他就说了月琴的事。说着,说着,女人掉泪了,女人说:"真好,恁俩真好。要早知道恁俩这么好,我就不来了。"教书先生迟迟地说:"孩子都有了,还说这话。"女人说:"要不是有孩子,我真想让恁俩……"这晚,教书先生就有了些温柔。

此后,女人只要一听说月琴回来,就让教书先生去看她,每次都催着他去。去前,总要替他拾掇拾掇衣裳,尽量让他穿得体面些。教书先生从月琴那里回来,女人就笑着问:"见了么?"教书先生说:"见了。"女人说:"哭了么?"教书先生说:"哭了。"女人笑笑,他也笑笑,淡淡地。该说的说了,不该说的也跟女人说了，教书先生落个心净。可有一样他没说，月琴劝他调到城里去，他没说。

时光荏苒，花开花落，第二个孩子又出生了，女人的身子更弱。这时，教书先生恰好有了上调的机会，他终于可以调到县城教育局去了。这事曾期盼过许多年，现在终于有机会了，可他却张不开口，女人病成那样，还拖着孩子，怎么说呢？要是没有那事，他可以说；要是女人待他不好，也可以说。这样，话就不好出唇了。教书先生期期艾艾的，日日都想说，日日都想说。他知道说了女人会答应的，女人不拦他，可就是没法说。心里的东西，不说比说出来更可怕，教书先生心里有东西。教书先生很躁。躁了，就在花架前站站，慢慢就心静了。上调的事就这么拖着拖着，黄了。

一日，女人慌慌地跑到学堂里来，把他拽到一边，悄悄地告诉他说，有人从平顶山回来，说是见着月琴了。月琴在城里被人骗了。城里人睡了她，却没娶她，把她赶出来了，她身上一分钱也没有，这会儿拖着身子在街头上要饭呢……

教书先生怔怔的，又是好半天说不出话来，眉头蹙得很紧。

女人说："去看看她吧，你去看看她，也是好了一场……"

夜里，女人不声不响地忙着给他收拾东西。吃的，用的，该准备的都准备了。哪样是给月琴捎的，哪样是让他路上吃的，一一交待得很清。临走，还给他准备了五十块钱，嘱咐他捎给月琴。教书先生没话说，他不知道五十块钱是怎么凑来的，也没有问。鸡叫的时候，女人打好一碗荷包蛋端给他，他就倚在床上喝了。临行时，他期期艾艾地在屋里站着，看了梁，看了房，说："我去了。"女人说："去吧。"

教书先生去了五天。回来的时候，远远望见村子，望见窗前那一棚牛屎饼花，教书先生眼里竟湿湿的。进了门就喊："先儿，先儿，我回来了。"

女人从屋里赶出来，说："回来了。"

他说："回来了。"

女人说："见了？"

他说："见了。"

女人说："哭了么？"

他说："哭了。"

女人眼里湿湿的，就忙着给他做饭。他在屋里站了一会儿，就赶到灶房里，看女人做饭。女人手忙着，他看女人的手动，默默地。

冬天，下雪的时候，月琴到教书先生家来了。月琴是来辞行的，她嫁到省城去了，终于嫁了个好主儿，大干部。月琴一进门就喊："嫂子。"女人赶忙迎出去，拉月琴上屋来坐。月琴就在屋里坐了。说了几句闲话，月琴不吭了，教书先生也不吭了。女人站起来说："月琴，你坐，我到邻居家借个簸箕。"说着，就笑着走出去了。留下月琴跟教书先生说话……

一年后,女人又催教书先生,说去看看月琴吧。教书先生不吭声。催急了,他才吞吞吐吐地说,路远,走一趟得花好多钱呢。女人问,得多少钱?他说,光路费怕得几十块。女人不催了。

冬春天,地净了。女人围着头巾扠着篮子走村串户去收鸡蛋,收了鸡蛋再扠到集市上去卖。女人身子弱,走走喘喘,喘喘歇歇,歇了再走,夜里身子很凉。女人拖着病恹恹的身子整整收了一个冬春的鸡蛋,待牛屎饼花又开的时候,她把一百块钱递到教书先生手里,说:"去吧。"教书先生说:"先儿……"她说:"去吧。"

这次教书先生仅三天就回来了。回来时女人不在家,下地去了。教书先生在院里站了会儿,就赶到地里。女人说:"回来了?"他说:"回来了。"女人问:"见了么?"他摇摇头。女人问:"没找到?"他说:"找到了。"而后沉默。久久,教书先生说:"见了她娘……"女人看看他,说:"回吧。"就回了。

回到家,女人做饭,他独自一人在花架下站着,站了很久。

这天夜里教书先生哭了。女人像母亲一样抱住他,说:"不哭,不哭。"教书先生就不哭了。

后来女人死了。女人死时一声声叫着教书先生的名字,教书先生一声声应。女人说:"文秀。"教书先生说:"哎。"女人

说:"文秀。"教书先生说:"哎。"女人说:"文秀……"教书先生说:"哎……"女人很满足,就笑着,脸上绣着两朵晕红。

女人死后,教书先生再没娶过,只年年种牛屎饼花。逢女人的祭日,教书先生在花架下摆一方桌,半斤烧酒,几样小菜,两双筷子,一杯一杯喝。那回忆很美好,很有诗意,扯一串田园的温了……

## 石　碌

麻五自从娶来女人后就不再是男人了。

麻五在新婚的第一夜里就没上床,女人不让他上床。麻五的爷爷曾经富过,女人的爷爷也曾经富过,女人不得已嫁了他,女人觉得屈。女人曾经恋过一个红色军人,眼看就成了,后来那军人来了信,说是女人的爷爷曾经富过,就吹了。女人不恨军人,女人常把压在箱底的旧信封翻出来看,信封上贴着一张张八分的邮票,邮票已经泛黄了,但女人还是很动情。邮票能让女人忆起一串柿树下的故事。看了,脸就粉粉红,有泪。

虽然麻五和女人的爷爷曾经富过,但麻五显然沾了光。因此,麻五在女人面前总矮一个头。女人说该下地了,他就下地。女人说该挑水了,他就挑水。夜里女人不让上床,他就不上床,像狗一样在灶里蜷着。睡到半夜的时候,女人也许说,过来吧,鳖货。他就过去了。不晓得为什么,女人竟有那么多恨,常常骂他。骂得他一进门就颤颤的,不想回家。有了孩子了,一个孩子叫扁豆,一个孩子叫土偣,扁豆和土偣看着娘骂。麻五脸上净点儿。女人很白,脸上一点点儿也没有。可一点点儿也没有的女人就把他治了。女人是岗庄的,都说岗庄的女人硬性。

麻五在家里抬不起头,在村里也抬不起头。只要村里的喇叭碗儿一响,他就扛着锨出来了,跟那些曾经富过、曾经犯过事儿的人一起去东坡翻地。他顶着爷的"帽子"呢。于是麻五的腰总是哈着。麻五自己不吸烟,兜里却常揣一包八分的经济牌香烟,见人就敬,脸上笑笑的,笑得很巴结。见了队长,就说:"三叔,吃了?"队长哼一声,麻五就忙递上烟:"吸着,吸着。"队长不吸,队长嫌那八分钱一包的烟赖,往耳朵上一夹,就晃晃地去了。麻五弓着身说:"三叔,您忙哪,忙吧。"队长甩一句:"忙你娘那脚!"麻五还是笑着:"忙吧,忙吧。"

麻五通常只需一箭之地,蹲功是很好的。在家里他蹲在小扳机上。扳机小,只有两寸见方,他就那么蹲着,吃饭蹲着,女人骂也蹲着,纹丝不动。出了门就蹲大石碌上。石碌圆圆的,光光的,很滑。麻五身一纵就像粘上似的,再不动了。地里没活的时候,人们常见麻五独独地在石碌上蹲着。麻五一蹲在石碾上就显得很有智慧，很深沉，眼儿半眯着，身子似悠非悠，就像是看到了很美好的事体，又像是在品评什么，很有点冷眼向洋看世界的味道。有时，日错午了，他还不回去。儿子扁豆出来叫他，说："爹，咋还不回呢？"他睁开眼，慢慢地说："你娘回来了么？"扁豆说："早回了，饭都做好了。"他说："回吧，我再蹲会儿……"而后蔫蔫地走回家去，听女人骂。

然而，却不敢让麻五进场，麻五一进场就不是麻五了。夏天收麦的时候，麻五就在场院里的石碾上蹲着。他蹲在石碾上看女人们摊场；然后是看汉子们赶牲口碾场，看屁股上兜着屎布袋的牲口在场里一圈一圈转。接着是拢堆儿，待麦堆拢好了，就有汉子走过来客客气气地说："老五，该扬了。"

这时麻五仰着头看看天儿，日晃晃的，就说："不慌。"说是不慌，人已下来了。就见他大甩手走到场中间，刹刹腰带，一条腿抬起来，不见他怎样用力，脚上的鞋就飞出去了；而后抬起另一条腿，"日儿"一下，另一只鞋也飞出去了，稳稳地飞出去了。睁眼来看，一双鞋在石碾上放着，周周正正地放着。接着他身子一拧，顺势操起一把木锨在手里，待风声响起的时候，就见空中亮起一道线，落下来却圆圆的两大片，麦粒是麦粒，麦糠是麦糠，那扬出来的麦子就像是一颗颗拣出来的，很净。往下一锨快似一锨，一锨紧似一锨，风呼呼地响着，只见麦粒儿绸带一样地在空中舞，麦尘飞扬，人却不见了，只能瞅见一个影儿，舞动着的影儿，倏尔风势变了，扬势也变了，一时满天星，一时钉子雨，空中像罩起了一把旋转的大伞，麦粒儿伞样地旋着，人影就成了伞轴，滴溜溜跟着转。转着转着，待一堆麦粒儿高高堆起的时候，在晃晃的日影儿下，你才看清一个汉子顶天立地地站着，那自然是麻五。这时候麻五的脸灿烂如花，麻点儿一坑一坑亮着，显得分外生动。那欢乐像两条小火龙似的从眉眼里溢出，遍体燃烧。胳膊上、胸脯上、腰上、腿上处处有诗一样的东西在跃动，处处饱涨着灵巧和力量，机智和幽默。一时间天地仿佛很小，场巨大。

末了，麻五的骨头"哗哗"地响着，就又缩在石碌上了，瓮一样不动。天晚了，场里的人都走光了，他还是不动。扁豆放学回来从场里过，看见他就说："爹，咋还不回呢？"他说："我再蹲会儿。"

有一次，麻五扛着布袋到县农场去换麦种，走到人家场里就走不动了。县农场场大，跟广场似的。县农场地也多，麦割一个月了还没打完呢，一垛一垛在场边矗着。场中间有一个刚碾过的大紊堆（没扬过的麦堆），一位老农工正在教一群知青扬场呢。那农工教得很认真，一招一式有板有眼的。麻五先是在一旁蹲着看，而后站起来看，看了，笑笑，摇摇头；再笑笑，再摇摇头。一知青见了，横横地问："你笑啥？"

麻五又笑笑，说："不是活儿。"

城里人不懂这话儿，就问："咋不是活儿？"

麻五还是那句话："不是活儿。"

这话说得太重，那农工忿了，转过脸来，问："你说不是活儿？！"

麻五不吭了，和解地笑笑，扛上布袋就想走人。

那农工更气，紧着问："你说不是活儿？！"

麻五说："老哥……"

那农工把木锨往麦堆上一插，喝道："你来，你来试试！"

慢慢、慢慢，麻五手松了，布袋落在地上。他说："试就试试。"说着，就走过去了。

麻五操起木锨，一操木锨人就不见了。只觉得风声呼呼，钉子雨"唰唰唰唰"下着，初时还能看清一个舞着的影儿，再看就是两个影儿，四个影儿，八个影儿……看影儿时就顾不上看空中了，空中亮着五朵旋转的麦花，那儿遮天蔽日，朵朵相连，顺着闪动的锨影望上去就像一棵陡然长出的花树……看空中就顾不上看地上了，地上出现了五个圆圆尖尖的小麦堆，呈"五佛捧寿"状围在大秦堆的四周，那距离像是用尺子量出来的，环环相间，一分不差。紧着眼时就忘了听声了，那声儿仿佛秋日绵绵细雨，又仿佛唱曲儿的小女响敲玉盘……久了，便有生的滋味从心里溢出来，想唱。

众人看傻了眼，一个个都怔怔的。那老农工先是满脸赤红，而后泛绿，绿到极处便是恨。老农工也算是行家，他悄没声地从场边的大缸里舀出一碗水来，顺势泼了出去。泼了就觉得有一股湿风刮过,低头去看,地上光光的,竟无一点湿星儿!老农工叹一声,服了。就说:"是个把式,绝活儿!"

城里人好拍手,就齐拍手,引了许多人看。

这天,麻五换麦种就没有排队。还在农场里吃了顿饭,有肉,吃了满嘴油。

回村后,麻五一连三天哼曲儿,老是那一句,不知哼什么。哼得女人烦了,就骂,骂他个狗血喷头!麻五在小杌上蹲着,一声不吭。而后走出去蹲石磙。

每当麻五蹲石磙的时候,女人就在屋里翻箱子。箱子里藏着一小叠蓝信封,破布裹着。女人解开一层一层的破布,就看见蓝信封了。女人看一眼蓝信封,又赶忙裹住,紧煎煎地喊扁豆,没有应声,没有应声,才又去慢慢解……

秋后,麻五自然在场里扬谷子,扬着扬着,女人来叫他了。女人叫一声不应,再叫一声还不应,女人就骂了,女人骂得很恶!

不料,麻五忽一下就到了场边上,他在场边上铲起一泡牛屎,顺势扬了出去。十丈开外,女人正张大嘴骂着,就觉得有一股臭风袭来,躲都躲不及,"唰"一下,一泡牛屎贴嘴上了!女人哭着往回跑,再不骂了。

麻五一锨一锨接着扬,扬完了,气才泄了。缩缩地往家走。

## 响棒槌

老德不能算是木匠，老德是做响棒槌的。

老德当过七年国民党的兵，又当过八年共产党的兵，回村时已经四十一岁了，还是童子。老德不算太屈。老德出过两次国，一次去越南，跟日本人打仗；一次去朝鲜，跟美国人打仗。机关枪跟炒豆儿似的，老德说。老德回来时领过三百元的退伍费，那时钱很值钱，老德把钱交给兄弟媳妇了。兄弟媳妇见了钱很喜悦，说是要给他张罗着娶媳妇。然而，四十一岁的男人是娶不来女人的。兄弟媳妇再不提钱的事，老德也不提。后来老德就一个人过了。他一个人过了。他一个人在茅屋里住着，看着村里的一片林子。

白日里有活计忙着。夜里好月亮。林子里墨墨白白，撒一地小钱儿。老德在林子里走，走一身斑驳。有时老德也踩着小钱儿走，一跳一跳的，孩子一样。风从林子那边刮过来，叶儿"沙沙"响着，有棒槌声。林子那边是颍河，沾了水音儿的棒槌在颍河里跳，叫人逸想那绾了红袖的白胳膊。老德转着转着就转到河堤上来了。风清清的，月朗朗的，河里还淹着一个白胖小子。水皱儿一纹一纹地把白小子推出来，而后又拉下去，圆圆地印着，很好。空气里有嫩玉米的甜味，有豌豆的涩香，也臭，那是栽的黄烟。远处自然墨得重了，层层叠叠地摆，墨得深邃。天反而白了，白得淡，白得高远，星儿隐隐的，碎亮。

林子这边是村子。驴叫了，狗咬，磨一圈一圈响。妇人唤孩子，碎着步走。男人一踏一踏，夯着步走。老牛倒沫，日子翻着嚼。油灯一盏盏明了，窗口处都淹着一团暖色。而后油灯又一盏盏灭了，暗了一处，又暗了一处，哪家是最后灭的，老德知道。老德没去听房，老德年纪大了，不好意思。再后只有蛐蛐叫了，这儿一声，那儿一声，争着唱，很乱。连蛐蛐也不叫的时候，老德就走月色。走着走着，老德就站住了。老德扛着铳呢。老德把铳从肩上取下来，那时夜已静到了极处，老德举起铳朝着林子上空放一响，整个林子就有了喧嚣！呼啦啦的，这儿有了翅儿动，那儿有了扑楞楞……老德才慢慢走回去，睡了。

老德说，很好。

不知怎的，老德就开始做响棒槌了。白日里下地干活，闲了就做响棒槌。

响棒槌是杨木做的，杨木轻。林子里有的是木头，可老德做响棒槌不用好木头，用的都是些枯木，哪一枝死了，他扳下来，细的烧锅用，粗的就锯成一段一段地放着，有工夫了就做，日子漫漫的，他就慢慢的，做得很经心。做好了，还染，染成黄的。而后再画几笔，画得不好，鱼不鱼、鸟不鸟的；或是几条曲线、几片花纹，倒是红红绿绿黄黄，蛮热闹。画好了，就放到茅屋外面去晾，晾着晾着那响棒槌就不见了，老德也不追究。

有时候,老德听见娃儿蹑手蹑脚地来偷,那脚步声走走停停,一丫一丫地响,老德心里就笑了。慢慢,那脚丫响到屋前了,忽儿停住,久久不动。小头儿一点一点往前探,弄得老德心里发紧。他就轻声说:"拿吧,我没看见。拿吧,我没看见。"娃儿们抓起一个响棒槌,咻溜儿就跑了。

有时候,大人也抱了娃儿来讨。女人抱着孩子在院里站着,说:"德叔,给娃儿寻个玩意儿。"老德就说:"拿吧。"女人就摇摇这个,摇摇那个,挑个响的。老德说:"不坐了?"女人就说:"不坐了。"老德撵出门来,见窗上放着一碗蒜面,或是两个红柿,就说:"嗨,这是干啥?"很感动。

渐渐,一村娃儿手里都拿着响棒槌。棒槌里装的是豌豆,摇起来"哗啦、哗啦"响。老德听见响,就笑笑。

过节的时候,老德就举着草把串庄去卖。草把上插一圈响棒槌,走一村插一村,摇得娃儿眼花。那时乡下太穷,五分钱一个也买不起。就有一群娃儿跟着屁股看,眼巴巴的。走上两圈,老德就蹲下了,蹲下来跟娃儿们说话。老德说:"娃儿,回家拿钱吧。去吧,只要五分钱。"娃儿们站着不动,一个个馋馋的。老德很难为情地望着娃儿们,结结巴巴地说:"你看,我只收个工夫钱,你看……"娃儿们还是不动。也有跑回去的,而后又哭着跑回来,远远地站着看。末了,老德摸摸娃儿的小脸,说:"叫我捏捏小鸡鸡吧。"娃儿就让他捏了。捏了,老德说:

"拿一个吧,娃。"娃儿就拿一个,这个拿一个,那个也要拿一个。……末了,也没卖上钱。

后来老德就扛着草把到镇上去卖,镇上人有钱。那天,老德刚把草把扛到镇上,就被市场管理委员会的人抓住了。抓老德的是个"二刀毛"剪发头,那女人活得很警惕。她正站在凳子上往墙上画宣传画呢,一扭头就把他抓住了。她说:"站住,干啥呢?"老德说:"卖响棒槌哩。你要么?"那"二刀毛"女人说:"过来,你过来。"老德很听话,就过去了。

"二刀毛"的工作有了点成绩,兴奋得脸都红了。她揪住老德,说:"你投机倒把!跟我走。"老德慌了,忙说:"同志,同志,你看……""二刀毛"说:"啥同志,谁跟你是同志?!"那女人太警惕,生怕他跑了,就说:"转过脸去!"老德就转过脸去。那女人赶忙把画画用的广告色拿过来,用黄广告色在他脊梁上写上了"投机倒把"四个字,而后又用红广告色打上了一个大"×",看上去血淋淋的。老德任"二刀毛"女人写,只嚅嚅地说:"啥呢?同志,干啥呢?""同志,干啥呢?"女人不应,女人又麻利地做了个纸牌,纸牌上写了同样的字,挂在老德的脖里。说一声:"走。"老德问:"往哪儿?"女人说:"往南,去市管会。"老德就规规矩矩往南。

走着,镇上人看老德身上红红黄黄的,一片鲜艳,就围着看。看了,一个个都笑。老德也笑,点着头跟人笑,笑得很正式。人围得越多,老德走得越好,慢慢步子也有了节奏,像检阅似的。

来到市管会门前,女人说:"站住吧。"老德就站住了。女人严肃地问:"你说吧,怎么处理?"

老德说:"我不卖了,我散散……"

人们一听老德要散,呼啦一下围上来就抢……女人忙拽住老德,说:"上屋去,上屋去!"

进了市管会,市管会的人搜了老德,只搜出三分钱。老德不好意思了,笑着说:"你看,你看……""二刀毛"女人说:"本来要罚你的,看你老实,就算了。走吧。"老德看看空了的草把,见上边还剩一个响棒槌,就取下来递给"二刀毛"女人,说:"同志,给娃儿们捎回去吧。""二刀毛"拿眼瞪他,瞪着瞪着,脸上就失了警惕,平生第一次失了警惕,勾下头说:"……衣裳,回去洗洗吧。"(后来,那女人一直放着那支响棒槌。看了,脸上就多些温柔。)老德说:"没啥,没啥。"就扛着空草把去了。

明知不卖钱,老德还是做,就这么一年一年做下去。老德做活儿很工,夜里熬许多油。那响棒槌一时做成圆的,一时做成扁的,一时又做成方的,不重样儿。那画法也变了,不光有虫虫鱼鱼,还画些叫人说不清的东西……

那年下大雪,老德的茅屋被雪压坍了。这时候人们才知道老德死了。人们以为老德会有许多钱,可收拾了老德的茅屋,除了一些响棒槌外,只有一块六毛钱。全是分钱,是老德卖响棒槌的钱。他做了这么多年响棒槌，才卖了一块六毛钱。都说老德心好，村里出钱葬了他。

夜里，总听见棒槌响。村里人说：老德回来了。

二天，就让娃儿去老德的坟烧烧。


## 红薯窖


炳老实，日子就由女人撑着。

炳家女人天生肌瘦人，杆儿样。人轻气，活净，走路带风。你看她扫地吧，轻描描的，地就扫了，院子里总是光光的。你看她做饭吧，不声不响的，饭就做了，还一样儿一样儿。你看她说话吧，软软的两句，就叫人想好久还翻不过理来。人总是笑着，那笑在眼上，微微的，叫里里外外的人熨帖。炳家人口众，上有老下有小，一窝子吃货，日子必然紧巴。可炳家女人不焦不躁的，款款就应付了。吃饭的时候，女人先给炳盛。炳算是一家之主。活路重，出力大，量就足足的。而后是两位老人。老人上年纪了，牙口不好，做些软的、净面的，多些滋味。往下是孩子们，连稀带稠一锅吃，也有花样，能饱。家里人走出来，也都带着女人的一双手呢。衣裳破是破，补丁是补丁，可针线活儿细密、周正，穿在身上有模有样的，绝不招人笑话。

平日里，就见炳端着一碗红薯在饭场里吃。那碗海大，暄腾。炳蹲在粪堆上，高擎着一只红薯碗，就像擎着一面旗帜。女人的旗帜。各家也都有蒸红薯吃的，可都没有人家炳家的红薯好。那红薯热腾腾的，块大，鲜，蒸得也好，看着很馋人。炳捧着这冒尖一海碗红薯，一块块往嘴里送，大嚼！实叫人眼热。

每年红薯下来的时候，村人们自然都把红薯藏在窖里，红薯窖挖在西岗上，家家都如此，只有炳家的红薯不坏。炳家的红薯从秋天吃过，经过漫长的冬季，又经泛醋一样的春天，那红薯从窖里提出来，提一篮是鲜的，再提一篮还是鲜的，总吃鲜的。别家呢，提一篮是坏的，再提一篮还是坏的，总吃坏的。那年月，一年红薯半年粮，乡下人过日月全凭红薯呢。春天是坏红薯的季节，别家的红薯都坏了，他家窖里的红薯咋就不坏呢？就有人问炳家女人，炳家女人笑笑，不说。再问也不说。

到了麦口上，家家都没红薯了，早就没有了。炳家还有。就一篮一篮地从窖里提出来，大锅蒸了，给邻家送上几块，让娃儿们尝鲜。

人们又问炳家女人，套着问。可炳家女人主意正，套不出。她还是笑笑，不说。

二年，出红薯的时候，人们都看着炳家。

在红薯地里，人们都瞅着炳家女人。炳家女人带着一家人上地挖红薯，汉子们做粗活儿，她做细活儿，仍是轻描描的。

男人在前边挖，她跟在后边拾掇，腰一弯一弯的，风摆柳样儿，不见多忙，就见一堆一堆的红薯在地垄上堆着。人们看见炳家挖出来的红薯一堆一堆放，也都一堆一堆放；人们看见炳家女人把红薯秧都编成辫儿，提起来一坨一坨往车上放，也跟着把红薯秧编成辫，一坨一坨往车上放。而后看炳家女人吩咐把红薯拉回去，也跟着往家拉；紧接着，看炳家女人去晾窨，就去晾窨；看炳家女人在红薯窨里铺一层细沙，也跟着铺一层细沙；炳家啥时往窨里放红薯，就啥时放红薯……除了炳家女人的细气劲学不来，其余的一样一样都跟着学了。于是，到了春上，红薯还是坏。仅是坏的少了些。

唯独炳家的红薯不坏。

总见炳端着一碗红薯在饭场里吃。那红薯"招牌"一样亮在人们眼前，看来看去竟没有一块坏的。还有一件奇事，别家人吃了红薯都放屁，臭烘烘的，可炳家人吃了红薯不放屁。

闲了，人们抽空就围着炳家的红薯窨看。别家的红薯窨在岗上，炳家的红薯窨也在岗上，地势是一样的。炳家的红薯窨是用木头做的十字窨栏，上边串一铁条，铁条上有锁，是一把老式锁，凑近看里边黑洞洞的，闻闻里边也有一股甜酸气。人们看了一遍又一遍，也看不出有啥出奇的地方。

后来又有人问炳家女人，女人还是笑笑，问急了，就说："没啥，真没啥。"

人们不信。于是就说炳家的红薯窨里有仙家。

有人说，那红薯窖在岗脊上，有紫气，地脉好。

有人说，听见里边"哧溜儿"一声，白茸茸的，八成是"皮子"……

还有的说，是黄仙。里头住了一窝黄仙。八百年的黄仙成精了……

终有些不甘心的，就悄悄地问了炳家的小三。炳家三娃在学堂里上学呢，小学三年级，人实诚，品德好，不会说瞎话，一套就套出来了。娃儿说：

"先吃小的，后吃大的。先吃坏的，后吃好的。"

说了，人们都默默地，再不问了。就想起炳家上上下下老小九口人，凭女人撑出一张脸面来，老不容易！杆儿样的女人，那日月像山一样，咋就挺住了呢？

麦天里，炳家女人会蒸一锅红薯端出来让人们尝。人们就夸几句，各自给娃儿拿上一个，不敢多拿。天蓝蓝的，就见炳家女人笑着，脸上的皱儿开成了一朵花。

"吃，都吃。"炳家女人说。


## 鼓　手

王小丢，三贱。人贱，嘴贱，辈低。

他一辈子好骂玩,胡子一把了,还跟小孩似的,村里人见了他就想笑。

你不能不笑,你不笑他骂你。要不,你骂他。骂了,还得笑。

每到晌午的时候,饭场里总少不了王小丢。若是王小丢哪日没来,这饭就吃得没有滋味。于是就有人说:"去喊小丢,喊小丢!"小丢喊了一辈子,还是小丢,大人小孩都喊他小丢,喊了,他也应。小丢喊来了,一进饭场,人们就问:"吃啥好东西,在屋里憋着不出来?"

王小丢一本正经地说:"不是不出来,玉带拴恁娘床头上了,急我一头汗也没解开。"

人们日哄笑了。再笑,再笑,那赖话一串一串的,饭吃得有劲。

王小丢个儿低,矮柱子,还精精瘦,干不了多重的活计。可他凭着一张滚刀子贱嘴,也挣十分。那是公认的,没人说闲话。再重的活计,只要王小丢在场,就不显重了。人说,他嘴角上拴一串臭唾沫,甩出去就是笑!

下地干活,一歇,队长就说:"小丢,唱个曲儿,唱个曲儿!"

王小丢说:"定定弦儿,定定弦儿。"说着咳嗽两声,清清破嗓子,就唱:

俺的头,像屎罐儿,

俺的眉,像炮捻儿,

俺的眼,像鸟蛋儿,

俺的鼻,像蒜瓣儿,

俺的嘴,像月牙儿,

俺的舌,剩一半……

正唱呢,看人们笑成一堆泥!他忽然一沉脸说:

"不中不中,弦儿断了。"

人们更笑,骂他:"娘那脚!唱吧。"

他说:"娘那脚好好的,就是弦儿断了。"

人们知道他又编圈儿骂人呢,就问:"弦咋断了?"

他说:"咬断了。就剩一半了,唱不成。"

哄,又笑!笑了,明知他往下是骂人呢,还问:"那一半呢?"

他四下瞅瞅,说:"那一半在铜锤家女人嘴里呢。"

铜锤家女人接口就骂:"丢儿,恁娘那腿筋!"

王小丢正色说:"嗯,这事儿我不知道,你去问俺爹吧。"

大笑!笑得汉子断裤带。笑了,队长又说:"丢儿,来个洋的!"

王小丢又清清喉咙,说:"中,来个文词儿。"说着,那老腔又喊起来了:

南山耕,

北山卧,

对着老瓦盆笑呵呵。

你出一对鸡,

我出一对鹅,

快活。快活!

……

又有人喊:"小丢,唱个酸哩!"

王小丢眉儿一皱,咂咂嘴,苦着脸说:"老少爷儿们,酸哩唱不成,今儿个没带醋。"

说是说,见人笑了,又唱:

一更里,张秀才,

你把老娘的门拍拍,

拍拍拍拍闲拍拍,

老娘不是那货菜!

二更里,张秀才,

你把老娘的门拨开,

拨开拨开闲拨开,

老娘不是那货菜！

　　听王小丢唱酸曲儿，汉子们就在地上打滚笑，男男女女滚成一团，笑得筋都没了，浑身肉动。

　　又是正唱呢，王小丢看见一个才过门的新媳妇头勾着，脸羞羞地红，不笑。人们都笑了，就她不笑。王小丢又不唱了。他说："歇会儿，叫我调调弦儿。"说着，他走到新媳妇跟前，正脸正色拍拍新媳妇，说："花婶，俺叔咋着瘦哩？"

　　新媳妇刚过门不久，脸嫩，又见他胡子一把，正正经经的，也不好说别的，就说："谁知哩。"

　　王小丢紧着脸说："嗯，这几日俺叔可老瘦。"

　　新媳妇勾头不理他，他又说："又是那个了吧？可不敢夜夜那个，看俺叔瘦哩！"

　　新媳妇"吞儿"笑了。就骂他。

　　王小丢得意地说："我想着你不会笑哩。"

　　笑了，就做活儿。日头晃晃的，也不觉累，汗出得痛快。

　　王小丢年轻时出过大洋相，惹得一村人笑了半月。那年三月三，村里过会。邻村有个漂亮妞赶会来了。那妞长得，水灵，辫子忽悠忽悠的，招一村光棍汉跟着。王小丢也跟着看。看着，看着，他说："爷们，我能叫她给我笑！"

　　光棍汉们说："能哩？敢赌不敢？！"

王小丢一拍胸脯，说："敢！"

光棍汉们说："好，你要是能叫她笑，叫咋就咋！"

王小丢捋捋袖子说："爷们，都看着——！"

人们就睁大眼看着。

就见那妞悠悠地在会上走，王小丢在后面不紧不慢地跟着。会上很热闹，有卖杂货的，卖花布的，卖点心卖煎包的……那妞东看西看，走一处问问价，又走。王小丢也东看西看，走一处问问价。眼看着妞快到村口了，光棍汉们拥上来说："咋，不中吧？"王小丢眼一亮，说："别慌，别慌。"说了，就大大方方地走过去了。

刚好，那妞在槐树下站着，槐树下卧了条黑狗。王小丢走到黑狗跟前，扑咚往下一跪，喊了声："爹。"那妞咋也忍不住，"吞儿"笑了，露一嘴白白的牙。而后，王小丢头一转，朝着姑娘跪下来，喊一声："娘。"那妞的脸立时羞得通红，骂道："哪儿的鳖娃！"王小丢接口说："画匠王哩。闺女们都往这儿来，水好！"那妞瞪瞪的，气得直翻白眼，扭头就走。日后，那妞见了他就骂，骂着骂着，竟成了王小丢的媳妇……

王小丢果然赢了，不但赢了一群光棍汉，还赢了一个花嘎嘎！惹得一村人咂舌。光棍们气不忿，见了他就喊："丢哥，恁娘哩？"王小丢应声说："俺娘在家纺花哩。"接着，口一转说："恁娘哩？恁娘是曹后寨（槽后站）魏保千（喂饱牵）家的闺女？"光棍们接不上了，一个个恨得牙痒！

于是，人们见了他就骂。先骂，怕吃亏。结果还是吃亏。就赚个不掏钱的笑。

有一日，二奶奶病了。病得很重，三天没起床。王小丢听信就去了。他往二奶奶门口一蹲，说："二奶奶，恁孙媳妇叫我来跟你学艺哩。起来，咱练练。"

二奶奶笑了。二奶奶也是爽快人，强撑着身子骂道："丢儿，恁娘那脚趾甲缝儿里那灰！"

二奶奶一声骂，王小丢心里就美气了。也不问病，就看着二奶奶笑。

二奶奶身子虚，喘喘气问："俺媳妇哩？"

王小丢说："恁媳妇正给他老公公吃咪咪（奶）哩。"

二奶奶眼里的泪都笑出来了，"腾"一下坐起来骂道："恁娘肚里那蛐蛐套蟮蟮……"

王小丢正色说："真哩，不信你去看看。"说着，硬把二奶奶搀起来，扶着她看去了。

一看，二奶奶笑得肚子疼！要说也不假，小丢媳妇正给村里的一个没娘娃喂奶呢。那娃一生下来娘就死了，还不满月哪，但辈分高，论辈叫，他就是娃娃爷了。

后来，二奶奶说，笑这一回，半年不生病。

要是哪一日没人骂他，他就在村里来回转，躁躁的。转着转着，见谁愁眉锁眼的，一声声叹气，他就走过去了。他走过去拍拍你，说："出来了？"

人家正愁着,没心给他说话,就随口"嗯"一声。

他就说:"刀口还没好利索,咋就出来了?歇歇吧,歇歇。"

人家不明白他的意思,抬起头,怔怔地望他。

他一拍腿说:"骟猪的老六前天才走,你咋就出来了?"

人家叹口气,"吞儿"笑了,日日地骂。

他就笑着说:"好好的人,咋给骟了样儿?有啥事说吧!"

往下,缺钱了,他去给你借钱。缺粮了,他去给你借粮。他会缠,往队长家一坐,就编诓骂起来了。会骂,骂得好,骂得队长一家人捧着肚子笑!一笑,该办的事就办了。

那年冬天,下雪的时候,王小丢的儿死了。他就这么一个娃,老娇。但还是得病死了,紧病。女人在家里哭,他用谷草裹着去埋。儿八岁了,白日里好好的,说死就死了,那心里的悲痛是无法诉说的。天上飘着雪花,王小丢抱着死孩子在村街里孤零零走着,顺墙跟走,缩缩的,他怕撞见人。谁知,做木匠活的满仓刚好从村外回来。远远的,一看见是他,满仓就赶紧骂:"哎,大年下抱住恁爹往哪儿哩?"王小丢没吭,竟憋住了。待走近些,满仓才看清他抱着一个死孩子!满仓心里一寒,忙说:"丢哥……"王小丢竟说:"嗯,我给恁女婿安置个地方。"

王小丢也笑了,眼里泪花花的。

村里人说，十天不吃饭都中，不能没有小丢。

## 千层底

见他娘有男人，却过的是没有男人的日子。

男人当年推着独轮车去禹县送草药，说是七日方回。走时还捎了土坯，俗称"娘娘土"，路上喝茶时捻一块土末儿放在碗里，消灾。可他一去没回来，后来有人说他被劫路的劫了，也有的说他被当兵的抓了，再后就有人说他去了台湾。兵荒马乱的，谁也说不清，都说人没死。

人没死就不算寡妇。

新媳妇守空房是很愁人的，好在有了见儿。开初，娃儿小，上有老人，下有娃儿伴着，也不觉得太苦。就日日盼着。夜里醒来，听见门响，就以为是男人回来了。匆匆开了门，大月明地儿，风凉凉的，树影婆娑心里一寒，有泪。开了几次门，不见人，亲亲娃儿，就又睡了。

娃儿一点一点长，慢慢能叫娘了，离身了。白日好说，有活儿忙着，夜里空落落的，难熬。那日子像磨一样，推着推着，就推不动了。就想，小孩嘴里吐实话，问问娃儿吧。就把娃儿叫过来，问：

"娃，你爹啥时能回来？"

娃儿没见过爹，娃儿愣愣的。

娘就说："你说个数？"

娃儿看看娘，就说个数，娃儿说："三。"

娘先是一喜，觉得日子并不多。而后就不语了，觉得这不是个好数，是个不吉利数，不是成双成对的数，娘的脸沉了，过一会儿，娘又问："娃，你再说个数？"

娃儿再看看娘，看了很久，说："三。"

娘叹口气，眼里泪花花的，转过脸去了。娘还是不甘心，忽又转过脸来，擦擦眼里的泪，直视着娃儿，说：

"娃，你再说个数！"

"三！"

娘就琢磨这个"三"。想想，又觉得是个好数。爹、娘、儿，加起来不就是三吗？再说，儿说了三回三，三三见九，九九归一，那是一定回来了。娘又喜了，喜得心里扑咚扑咚乱跳。往下，她又想，是三天，还是三年？三天太短了，不会那么短。兴许是三年？

娘心里有盼头了。夜里睡不着，就起来给男人做鞋。做那千层底布鞋。底儿、面儿都是用的好布料。知道不急穿，就慢慢做。先糊袼褙子，把布一层一层贴好，晾干，而后照着男人的破鞋剪下样儿来，捻下好麻线儿一针一针纳……那鞋底厚，瓷实，针针见情分。一年三百六十五天，日子像山一样堆着，一针一针扎过去，日子就过得快些。此后每年做一双，做好的就放柜里。

做满三双了，男人仍没信儿。娘就想，兴许是九年？就又做下去，一年一双……

后来，老人下世了。儿也长大了。娃争气，先上小学，后上中学，上着上着就上出去了。村里人说，见他娘有福啊，养了个好娃，将来赡跟着他享福了。娘笑笑，心里却很苦。家里就剩她一个人了，日子过得木木的。儿子偶尔回来一次，叫声娘，娘心里很热。看看娃，爹一样大了，娘心里酸，暗暗落泪。过几日，娃走了，娘还是一个人独过。中秋节了，桌上多放双筷子……这时候，就有人来说合。说人怕是不在了，就是在，也不会回来了。老德人不错，就过一家吧，也有个照应。见他娘心里湿湿的，就说："叫我想想。"

夜里，风呜呜地刮着，见他娘心里很乱。数数柜里的鞋，已有十七双了。十七个年头，夜夜孤寂，那日子就像是针尖儿上走过来的。老德是个好人，她知道老德是个好人。老德待人诚，脾气也好。去林子里拾柴，老德常常帮她。老德不多说闲话，给她拾掇一捆树枝儿，让她背回去烧。想着老德，心说：就不做了吧？但又看那鞋，一双双在柜里摆着，有半柜那么多了。十七双啊！那十七双鞋叫人喜悦，是劳动的喜悦，期待的喜悦。那仿佛又是一种奖赏，好像说，看，你已等了那么久了！……思谋到天亮，见他娘想，已到这份儿上了，万一回来呢？那一双双不就白做了？就做吧。就又做了。

过几日，见他娘又把鞋都翻出来看，一双双摆在床上，摆一大堆。而后把鞋一双双标上记号。心说，那一日差点儿就吐口了。要是答应下来，十几年就白熬了。她想，不能白熬啊，不能白熬。

做到儿子娶媳妇了。儿子带着城里的女人回来看娘。城里媳妇洋气，花枝枝一般，还带着洋镜子，也叫一声娘。娘听了心里热热的，就掉泪了。夜里数数柜里的鞋，已有二十四双了。摸摸，再摸摸……听见儿子跟媳妇在耳房里笑闹，见他娘就走出屋门，默默地在院里站着。

叹一声，又叹一声，就望见老德茅屋里的灯亮了。老德也很孤，老德还没睡哪。这几年，见了老德就很不好意思，就觉得欠了人家什么，勾着头默默地走。可老德并没有冷她，照常让她去林子里拾柴烧，有时还帮她背回来。进了院，她就说："他叔，歇歇，喝碗水吧。"可老德不歇，老德把柴放下就走了，默默地……心说：人不就这一辈子吗？不做吧，不做了。

想了，就有热热的一股从心里涌出来，浑身躁。见他娘走出院门，走上村街，来到林子边上，却又站住了。心说：就不做了吗？已做了这么多了，就不做了……迟疑地站着，想想，再想想，又勾回头走。

二日，儿叫一声娘，媳妇叫一声娘，叫得她心麻。就着半截烂镜看了，头上已有白发，脸上的老皱儿一道一道的。心说：老了，还是做吧。万一人回来呢？

就接着做。纳鞋底已纳得手麻了，针都捏不住，就咬着牙往上扎，扎着扎着就扎出血来了。见了血，反而愉快了。鞋底上一线线带着红染，那已不是情分了，而是沉甸甸的一种东西，叫人不能歇手。那鞋底就越纳越密，越纳越瓷实，见他娘就为这瓷实纳下去……

那年秋后，见他娘死了。死的时候还坐着纳鞋底呢，一针没穿过去，人就不行了。村里人连夜给见捎了信，见回来了。埋娘的时候，见翻了翻屋里的东西，也没找着啥值钱的，就见柜子里整整齐齐地放着三十双千层底布鞋。城里人不穿这种鞋。埋娘时乡人都来帮忙了，见觉得欠了情，就把这些鞋送给乡人了。鞋结实，乡人就一个个穿了……

村里至今还有穿旱船鞋的，不合脚，时是踢嗒、踢嗒响。

# 满城荷花

一觉醒来，已是三十年。

茶泡上了，再燃上一支烟，窗外有树……穿过时光的尘埃，我看见了家乡的小城。

就有小小脚丫贴在小城的木桥上，一板一板走，踩出一片岁月的吱咛声……


**竹竿小院**


在童年的记忆里，城很小，被一条窄窄的护城河绕着，有不多的几条街。用童年的脚丫去丈量，歪歪就到了桥头。

城里就这一座木桥。桥很老，桥板翘了，一块一块凸着，有经年的灰尘和着人的唾液粘在木桥的缝隙里，人走上去摇摇的，不小心会跌跤。桥栏上有岁月摩挲出的光滑，带肉味的光滑。荷花开的时候，有粉粉白白点在水面上，荷叶上摇着银色水珠儿，衬得桥瘦。曾记得木桥也新过几天，那是一年国庆的时候，木桥被漆成了蓝色，鲜了几日，白日里娃儿在桥上蹦，夜晚有年轻人来这里恋爱，看印在水里的月亮。而后又有了很多唾沫、废糖纸、尘土……旧下来了。

走过木桥，顺河沿会看到一个旧竹竿围成的小院。院很小，很静，有两间草屋，门常关着，像不曾住人，院子里的地却扫得很光，很洁净。夏日里，透过竹竿望去，院子里仿佛有一股神秘的气味。仿佛藏着什么。偶尔，孩子们会看到晾晒在院子里的几件衣服。衣服是旧的，也仿佛刚刚挂出来，有水珠儿往下滴，地上润着一片新湿，独不见人。

顺河街的女人和孩子一样好奇。舌头探出很久，才有了一句话。女人指着静静的竹竿小院，神秘地说："那里住着一个官太太。"

怎样的官太太呢？官人又是谁？很茫然。小城很能藏人哪。

小院的时光太暧昧。叫人不由得猜想。然而却没有人见过这位"官太太"。秋阳把天空洗得明亮，而后是树叶落的一大片日子。白日里，有人看见竹竿小院里落了一地树叶，到了第二天，小院就又是光光净净的。在荷叶凋零、阴雨连绵的日子里，有人看见了湿湿的脚印，小院里有湿湿的一行脚印。那新湿的脚印轻浅地印在地上，仿佛走也很轻。二日，风和日丽，那脚印又被扫去了，仍然是一段沉默。

忽一日，不知哪家娃儿把屎拉在了竹竿小院门口。这在小城已是非常过分了，会有人出来骂街的。小城的女人是能忍的，但忍也忍不过骑在脖子上拉屎。于是，人们都期望着这位"官太太"能走出来，站在门前骂街，好看一看她。然而，人们又一次失望了。没有，她没有出来，一切都很平静。三天后，人们只看到了一片小铲的印痕，有人用小铲把屎铲去了，铲痕很浅。

竟然不出来，这不是很欺负人吗？顺河街的女人们这样想。于是就像疯了一样去打听这位"官太太"的丝丝缕缕。终于有了一点点消息，有人在桥上见过她，见她独自一人在桥上走，也就看见了一个背影，高高条条的一个影儿。说是很素净一个人，脖颈很白。就这些了，就这些。

后来又有了突破性进展，搬运工人老罗锅的女儿在察院（察院是古老的名称，城里人嘴顺，都叫察院，那时是专员公署）门口见到过"官太太"。老罗锅的女儿撇着嘴说，也不过是一个织毛衣的。她说她去一个同学那里玩，亲眼看见"官太太"把一件织好的毛衣递给了一位老太太。人们听了，跟着喊喊喳喳说一阵，却也半信半疑。

童年里，搬运工老罗锅的女儿原是丑丑的一个小黑妞儿。

时常出现在她父亲那拉搬运的架子车前,吃力地拽着一根长长的襻绳,在小城那坎坷不平的路面上洒一路墨点样的汗水……在老罗锅的口甚一口的骂声中,长着长着就出亮了,人也白了许多,鲜得辣,成了顺河街最漂亮的姑娘。那时,她正与一个年轻的军官谈着恋爱,总是很高傲的样子。也正在学织毛衣,好把爱情织进去。而那日从察院回来,突然就把织了一半的毛衣拆了……

日后,老罗锅的女儿就时常盯着那小院,远远地看那小院,目光像锥子一样,很有些意思。小院里仍无动静,仿佛烟化了似的……

那一年夏天非常热,河里的水也少了许多。初时有炫目的大字贴在街上,渐渐有戴红袖标的年轻人神神气气地在街面上走动。忽一日,就有一群戴红袖标的年轻人在老罗锅女儿的带领下,乱嚷嚷地闯进了竹竿小院。这时,人们才看到了那个女人。女人是被拽出来的,就在院子里坐着。戴红袖标的年轻人乱哄哄地在她屋里搜,东西一件件抬出来……人们看到了许多原本不属于小城的衣服,衣服上弥散着一股陈旧的气味。女人就坐在那里,仿佛坐着一段往事。她一声不吭,脸上异常地平静。很白的一个女人哪!头上绾着发髻,那坐姿很让人气短。戴红袖标的年轻人本是天不怕地不怕的,望着那女人的时候,一时竟不知该如何才好。后来,老罗锅的女儿不知怎地就恨上来,抓起一把剪刀冲到女人跟前,"咔嚓、咔嚓"就把她的头发剪了。那头发很黑很长，一缕缕散落在地上……女人仍正身坐着，听任罗锅家女儿剪她的头发。头发也似凝着往日的时光，落地时仿佛有活鲜的飘动。女人终也无话，只有剪刀咔咔地在头上响。谁知，女人头发秃了之后反而显得年轻了，细条条的白净。于是，罗锅的女儿狠狠地朝地上吐了口唾沫，带着人去了。

而后有许多日子，这女人像是消失了。竹竿小院的门时常锁着，院子里落了一层树叶……据说，曾有人见过她，那是在天黑透之后，或是黎明之前，有一个包黑头巾的女人匆匆从木桥上走过，看到的仍是高高条条的一个影儿……

时光荏苒，当我重又回到小城的时候，顺河望去，看到的是一座一座的高楼，竹竿小院已经不在了。问起昔日的邻人，多有摇头的。一位从小捏过我的小鸡鸡儿的老人说，你说的怕是"大肚家的"吧？是不是当年蹬三轮车的大肚家的老婆？也是后走（改嫁）的。她在电影院门口卖茶鸡蛋哪……当然不是。远远看了，一个又黑又丑的老婆婆，哑着喉咙高声叫卖，自然不会是。怎么会呢？

问起罗锅家的女儿，邻人说，现今人家可阔了。男人本是当军官的，转业回来分配到了地委，早搬走了。头些时还领着她女儿回来，她这闺女可了不得，长得高高条条白白净净，比她娘还漂亮，先是在北京上大学，这会儿听说又嫁了个大官……

夜晚，我独自一人走在顺河街的水泥路上，望着静静的流水。河面上很空，没有木桥，也没有荷花。

## 专　员

专员姓王，胖胖的，细眯眼，人称王马虎。

早年，专员原是玩猴的。肩上架一小猴，常在桥头耍，也到四县走走，铜锣一响，猴儿翻一跟头，换俩小钱儿。解放了，竟是在做地下工作。于是就当了专员，副的。

专员喜欢在街上吃饭。常一人，坐小摊，两个咸鸡蛋，一碟花生豆，二两好酒，花两毛五分钱，小荤，就又去了。街面上多有认识他的，熟的。打一哈哈，没架子。

王马虎的诨号是从一车皮粮食说起的。三年自然灾害时，上头打电话，令他把一车皮粮食调往宝鸡，专员亲自接了电话，说："嗯、嗯，宝丰，知道了。"于是粮食就调到了宝丰。也不是什么好粮食，红薯干。粮食一调去，宝丰县的老老少少就分了。过后知道错了，也已到了肚里。专员挨了处分，工资降一级，也落下了"马虎"的诨号。

专署机关的干部们都知道专员马虎。专员说话不看人，眼眯细细的，给他汇报工作，半晌才"嗯"一声，很急人。出门也不讲身份，见人就打哈哈，连打字员都认为他极不称职，一直"副"着。

文化革命时，当官的都倒了，他也倒了。人马虎，又是副职，斗了几趟，也就罢了。于是下放劳动，问他去哪里，说：宝丰。就回了宝丰。乡村里是论辈分的，他辈长，回来就是爷了。孙辈的当着支书，也没分派他干什么，就说："爷，你卖茶吧。"就派人搭一凉棚，让他在路口上卖茶。于是就坐在茶摊上。夏日戴一破草帽，大裤衩，一把破扇，眼皮塌蒙着，没人看出这就是专员。来人喝茶，倒上一碗，给钱也罢，不给也罢，不看。红日西坠，自有孙辈娃儿来喊他吃饭。饭是派饭，一个村子轮着吃，没人怠慢过。外乡人从这里路过，见一光脊梁大肚老汉，打趣他说："爷们，肚儿不小啊！"他眯眼一笑，拍拍肚皮，说："官肚儿，一肚子糠菜屎。"惹得路人都笑……

一日，忽然来了辆卧车，说是来接他的。他又当上了地区革委会副主任，要他立马上任。就从茶摊上站起，默默望着来报信儿的孙辈支书，说："去了。"就去了。

突然拉到了地委大礼堂。一下车，见一会场人黑压压坐着。和一些生熟面孔贴贴手，就让他上台讲话。讲话稿自然有人写，就念。摸摸没带眼镜，也罢。就高声念道："颍河地区革命委员会……稿纸！"一语未了，赢来满场大笑……会一散，满城人都说：王马虎回来了。

官复原位，就又有了秘书。这新来的秘书姓刘，原是宣传部门的笔杆子，很能写，就一路写上来。刘秘书报到时，恭恭敬敬站在老专员面前，给他汇报工作。专员依旧眼塌蒙着，似听非听，头一栽一栽的，像是睡去了……刘秘书不敢走，就悄声问：主任还有什么要求？主任……仍无话。刘秘书怀疑专员确实睡着了。正要悄悄离去，却见专员睁开眼来，一亮，说："有。"刘秘书慌忙拿笔来记，专员说："不用记。一条。我下台的时候，你揭发我要实事求是。"刘秘书愣了，脑袋里"嗡"一声，好半天醒不过神来……再看专员，眼又闭上了，缓缓说："就这一条。"

自此，刘秘书就跟着专员，一日日地开会……跟着久了，公事、私事也知道不少。专员常到木桥上走走，不让车送，就一人去，且多是晚上。刘秘书有急事找他，一找就找到木桥上，见他在木桥上站着，定定望着什么……自然不问。有时，专员也让他给人送点什么，不让送家，送到另一个地方，很神秘……自然不说。只吓得吐舌头。

二年，专员又被打倒。刘秘书才晓得专员那双细眯眼极亮。那日，专员唤刘秘书过来，让他坐下，亲自给他倒了杯水，而后坐下来望着他，久久，专员摆摆手说："小刘，去吧，没你的事了。"

刘秘书没走，刘秘书站起来，说："专员，我……"

专员又摆摆手："你不必说了……"

二日，就有人把刘秘书叫去，让他在三日后的万人大会上揭发。事关前程，刘秘书也害怕，也想揭发，但想想老头说过的话，就忍着没有揭发。知道有人要揪斗专员，牙一咬，连夜找车把他送到了宝丰。于是，刘秘书被停职反省，去乡下劳动改造。走时，刘秘书哭成泪人，实觉得屈。

转年，专员再次复出，刘秘书暗暗吸了口气，心说：值。

不几年，专员离休，在干休所住着。闲时养养花，钓钓鱼，也到乡下走走，他说，蛮好。刘秘书时来运转，一直升上去，也做了专员，副的。上任时也对秘书说："我下台时，你揭发我要实事求是。"秘书笑笑，私下对人说：圣人蛋！

然而，刘专员官运不济，很认真地做，做着做着却做到政协去了……于是很有些牢骚，百思不得其解，终日找老专员诉说委屈……

老专员听了，笑笑。也不为刘专员排解。人一走，就摇着蒲扇上街去了。穿汗衣，大裤衩，到街头上看人下棋。

### 人面桔

那时老徐年轻，在市文教局干事，很体面。老徐的女人在工厂上班，富态。老徐嫌女人胖，很想跟女人离婚，女人就是不离。于是老徐经常打女人，还罚女人下跪。女人很怕老徐，跪就跪，就是不离。有时，已到了下半夜了，邻居们夜起，看见老徐屋里灯亮着，探头一看，老徐女人还在灯下跪着。邻人就喊："老徐，老徐，算了……"老徐醒了，从床上坐起，揉揉眼，没好气地说："起来吧。"女人这才起来，洗洗，重给老徐睡。

老徐自然有些事。那时，整个文教局才三五个人，一二局长，三干事，统管文化、教育、卫生。权力很大。老徐分管文化，文化管着电影院、剧院、剧团、图书馆……所以，剧团的女演员们很热乎老徐，见了老徐嗲嗲的，加上有色有貌，老徐很吃香。不过，老徐谨慎，并不曾干出舆论来。由于谨慎，就带来很多的压抑。老徐的脸一回家就苦着，对女人打得越发仔细。有一次，老徐抓住女人的头发往水缸上撞，一连撞了十几下，女人竟一滴血都没流。越打，女人越坚韧；越打，女人越适应；越打，女人侍候得越周到，端茶递水、洗衣做饭，接着就有孩子生出来了……这就像做活一样，做着做着就没了兴致。老徐很无奈。渐渐，老徐也断了念想，只是隔三差五地偷偷嘴罢了。

在文教局，老徐要做的事情并不多，也就是开开会、传达传达上头的精神什么的。余下的一大片日子，喝喝茶，看看报，打打瞌睡。很无趣。当然也有些很重要的工作，那就是逢年过节的时候分发戏票、电影票。每逢过节的时候，好票由文教局统管，也就是由老徐统管。这时，老徐就显得非常滋润。在大街上，每走上三五步，就有人亲热地跟老徐打招呼。市直机关的干部见了老徐就像见了爷一样，亲切得让老徐感动。老徐的中山服的六个兜，外边四个，里边两个，票也分了六种，一个兜里装一种。一等一的好票是给市委领导的，那要送到家里。一等二的好票是给直属领导的，分场合送。余下的就看关系了……于是每到这个时候，老徐非常忙碌，男男女女都围着老徐转。老徐很有面子。人一有面子就有了些身份，老徐走路的时候，中山服就架起来了，有点撑。

有了给领导送票的机会，也有了想当局长的念头。老徐已是老干事了，这念头一起就非常强烈。在这方面，女人跟他空前一致。每逢过节，夫妻双双一起到领导家，不但送票，也送礼品。这时，女人打扮出来，也算有几分颜色，手儿肉肉的，甜着对领导笑。领导轻轻拍着老徐女人的肉手，眼望着老徐，说些很含蓄的话："好好工作吧。啊……"回到家，两人会温存一小会儿。对女人，老徐打还是要打的，不过，不常打。

日子很碎。而耐心就像水一样，流着流着就涸竭了。这中间似有很多机会，文化、教育分家一次；局长调走一次；一次又一次……老徐每一次很有希望，可每一次当希望来临的时候，却又黄了。老徐很生气，一生气就打女人。女人绵羊似的，就把肉摊开，任老徐打。打归打，送票送礼依然持之以恒。在这中间，女人悄没声地把关系办到了剧院，成了老徐的下属。老徐不问。可女人又悄没声地成了剧院管票的。自此，老徐再不去送票了，送票的事交给了女人。女人每一次送票回来都捎一些话给老徐，使老徐看到希望的亮光。比如，刘书记说：老徐该解决了……

年数委实不少了。可事情呢，却常常出现意外。有些领导，送着送着，人调走了，一切又得重新开始……终于有一日，冯书记把老徐叫去，亲切地说：老徐，该解决了。组织上已经研究了。老同志了，就留在局里吧……老徐自然说些感激的话。回家的路上，心里像扇儿扇。

似乎三五日，任命就下来了。局里人见了老徐，也都喊徐局长。老徐笑笑，算是默认。这时老徐已算是有年份有肚子，态势早厚了，缺的是一张薄纸。然而，就在任命要下的那天，老徐出了事情。那天下午，纪委的人先一步来了，纪委的人关上门跟老徐谈了半日，出门的时候，老徐像傻了一样……

七天之后，老徐被抓进了监狱。是局里有人把老徐告了。老徐前一段抓过平反落实政策的事，自然有不少人上门求他……一查，就查出了受贿的事。落实下来，有四千之多，一下子就判了七年。

老徐没有住够七年。他是一年半之后被女人接回来的。老徐在监狱里得了脑血栓，老徐瘫痪了。老徐回来的时候连话都不会说，半边身子像木了一样，成了个半死人。开初女人对他还好，也给他治过两次。渐渐就不行了。女人这会儿已当上了剧院的经理，女人忙，也没了那么多的耐性。女人就想跟他离婚。可和一个不会说话的半死人没法离婚。女人就说，你死吧。于是常常三两天不给他饭吃……老徐在床上躺着，不会说话,就眼睁睁地看着女人。女人下班回来,第一件事就是赏他一口唾沫!唾沫吐在老徐的脸上,老徐也不擦,他不会擦。于是有一层层的唾沫摞在脸上……

孩子们开始还可怜老徐,隔三差五地给他端碗饭。日子久了,看他一身屎一身尿的,嫌脏,也烦了。于是就把老徐弄到一个人们看不到的小屋里,想起了,给他碗饭,想不起就让他饿着。女人还是坚持不懈地赏他一口唾沫!有时恨了,就呸呸呸吐两三口,说:你咋还不死呢?

老徐活得很有韧性,却也不死。每日里静睁着一双眼,显得很深刻。

时间长了,老徐躺的小黑屋里臭烘烘的,一推门就能看到一片白花花的亮光,那是干了的唾沫。有一日,老徐的女人端着半碗剩饭给老徐,嘴里还噙着一瓣桔子,一推门闻到一股子臭气,便呸一口把嚼了一半的桔子吐到了老徐脸上,连核儿带梗儿黏糊糊的一片……不料,没几日,老徐脸上长出了一棵嫩芽儿。那芽儿慢慢长,慢慢长,竟然长成了一棵小树,那是一棵小桔树,叶儿七八片,绿油油的……

半年后,老徐脸上的桔树结了一个小金桔,先绿,渐渐鹅黄……

不知怎的,这事儿竟被本市一个搞盆景的知道了。经多处察访找到了老徐家,非要看看。家人自然不让。此人倒有个缠劲,硬是在门前转悠了三天,瞅个人不注意的时候,进了那小黑屋。一看，惊得这人倒吸了一口气……二日，此人专程来找老徐的女人，说要买那棵橘树，张口就给十万元。女人愣了，心里湿湿的。女人问："你给十万？"那人说："十万，不过，有个条件，我要活的，得带土……"女人不解："带土？培点土不就行了。"那人解释说："这棵桔树主贵处就在这里。它是血肉喂出来的。你把它拔下来它就死了，必须带血带肉……你考虑考虑吧。"老徐的女人一怔，那人掂下五千块钱，说这是订钱。说完站起走了……

三日后，那人又来。看了，两眼放光，说："那根须已扎进血管里，缠在了脑骨上，光带血肉取怕是不行了……不过，如果带头卖，可值百万。主贵就在一棵桔树长在骷髅上……"家人商量半日，终怕落下罪孽，不敢下手。老徐女人还专门到法院去问，说已是植物人了，可不可让他早走？法院的人答复，目前法律还没有这条规定……也只好等着。

老徐竟然不死，依旧睁着两眼。那棵桔树慢慢长着，结下的小金桔红艳无比……


### 圆　圈


上小学的时候，恨一个老师，爱一个女同学。

老师姓陈，名庭中。高鼻梁，聚光绿豆眼，戴瓶底厚的近视镜。冬日里常围一驼色围巾，不时甩一下，很神气。揩鼻涕也揩得极有特点，远远地擤一下，教室里立即噤声，说，四眼来了。

在槐树街小学，陈庭中老师治学有方，严厉是出了名的。上课的时候，陈老师的讲台上备一粉笔盒，里边放的全是用过的粉笔头，注意力稍不集中，便听见"嗖"的一声，粉笔头子弹一般射过来，正中脑门！准头很见功夫。若再不注意，便疾风一样走下讲台，趁你不备，一手托脖子，一手扳住你的头，恶狠狠地说："看，看，洋鬼子看戏，你傻脸了吧？！"没人敢笑。常常，一堂课下来，班里同学一脸白点，奸臣一样。老师的处罚很有创造性。有时来晚了，让你站在门口，称为"庄子"；有时没完成作业，让你站在教室后面，面墙而立，谓之"达摩"；若是下课跳桌子让老师撞见，也不让动，就让你骑在桌子上，让全班同学看着你，叫做"张果老"……也有例外，班里有一叫冯小美的女同学，陈老师见了她总是笑眯眯的，从未受过处罚。冯小美不但学习好，长得也好。简直是瓷娃娃一个。老师常说：看看人家冯小美……全班都看冯小美。那时，她穿一花格格裙，站在队前打拍子领我们唱歌："戴花要戴大红花，骑马要骑千里马……"真是阳光灿烂呀！

冯小美就在我前边坐，我天天看冯小美的脖子，她的脖子细瓷瓶一样，白乳乳的，似乎敲一敲会响，禁不住想摸一摸，却又不敢，偷眼去看那粉粉的小手，眼里也就生出一只小手来，慢慢地慢慢地往前探……这时一声霹雳：往哪儿看往哪儿看？！……老师的教鞭已重重地劈在课桌上，一双绿豆眼怒冲冲地对着我。我吓坏了，小声辩解说："我看苍蝇……"课桌边上的确趴着一只苍蝇。老师气冲冲地说："上课不看黑板，看苍蝇……我让你好好看看苍蝇……"说着，两手捧住我的头，往那只苍蝇跟前推……苍蝇飞向东，老师就把我的头扳向东，苍蝇飞向西，老师就把我的头扳向西；我的身子随着头转，头随着苍蝇转，转着转着，我哭了……

又有一次，记得是全班在操场上集合的时候，我说话了。老师便喝令我站出来。而后用粉笔在我周围画了一个圆圈，又吩咐班干部冯小美："看着他。他要敢出圈一步，你告诉我……"于是全班同学都迈着整齐的步伐劳动去了，只有我孤零零地在操场上站着。老师的圈儿画得并不圆，有一个很大的豁口，可我仍在圈里站着，不敢动。当然还有冯小美，冯小美是留下来监视我的。我沮丧地站在圈里，不敢看冯小美，却想看冯小美。偷偷地瞥一眼，却发现冯小美并没有看我，她在看书，看一本很厚的书。我很失望。看着冯小美，我并不觉得太委屈。我很喜欢冯小美，我曾经在放学之后背着书包在榆树街转来转去，目的就是期望能看到冯小美。那时冯小美就住在榆树街的市委机关家属院里。然而我却从未跟冯小美说过话，我是坏学生，那时好学生是不与坏学生说话的。现在，我终于有了跟冯小美单独相处的机会,这是我有生以来第一次和冯小美单独相处,我很狼狈。我真的很想跟她说一点什么……可站着站着,我想尿,却又不好意思张口,就拼命地夹紧双腿……我浑身抖起来,浑身像筛糠似的抖着,可我坚持不开口。有一阵,冯小美抬头看看我,仿佛很吃惊地问:"你是不是有病了?"我不吭声,我一声不吭。我知道一张嘴我就会哭出来。那时,我觉得整个世界都不存在了,整个世界就是一个冯小美……我得坚持住。然而我的身子太不争气,两个小时之后,我觉得腿上有湿热的一股在缓缓流淌……那一刻,我真想钻进地缝里。

夏天来了,在那年的夏天里我度日如年。自从在冯小美面前湿了裤子,我的头就再也抬不起来了。我越发仇恨老师,也越发恐惧老师。那是五月的一天,我又迟到了。我刚走进学校,便看见老师慌慌地从教导处走出来。一夜之间,学校里贴了一院子大字报。我没注意这些大字报,我注意的是老师。我一看见老师便六神无主,我结结巴巴地问:"今天不上课吗?"老师看了我一眼,便匆匆从我身边走过去了,我仍是惶恐不安在望着老师的背影,不明白他为什么不批评我……就在这当儿,一群戴红袖标的大学生从校门口拥进来,都是些从槐树街毕业的学生,他们杀回来了。他们把老师围在校门口,不由分说,把满满一桶糨糊兜头盖脸地浇在老师的身上!老师站在那儿,一头一脸一身全是糨糊,老师的眼镜被糨糊冲掉在地上，一脸的愕然……许多年后，当我从梦里醒来，老师愕然的神情历历在目，老师身上的糨糊沥沥啦啦地往下滴着，一脸愕然……

老师那至高无上的权威就这样被一桶糨糊冲刷掉了。此后，当老师又站在讲台上的时候，总是战战兢兢唠唠叨叨地重复着一句话："同学们，我有罪，同学们……"在老师"行动"的鼓励下，我们班的"大嘴"率先造反了。在班里，"大嘴"学习最差，是受老师惩罚最多的学生。那时"大嘴"总是张着大嘴哭……他组织了一个只有三个人的战斗队，命令老师每天向他报到。老师就向他报到，他是老师的学生，也没有什么新招，就每天在校园里用粉笔画一个圆圈，让老师在圈里站着。老师就在圈里站着。"大嘴"画的圈很小，只容下一双脚。"大嘴"说："老实点。不能蹲，一蹲屁股就出圈了，出圈我收拾你！"老师就不蹲……那会儿，我实在是很羡慕"大嘴"！

夏天很快过去了，我们异常轻松地进入了中学（那一年没有考试）。而后是下乡……在乡村的许多个没有灯光的夜晚，常常梦见老师，梦见那狠嘟嘟的四眼，不由打一激灵，便有句子流出来了："一二得二，二二得四；三七二十一，四四一十六"；"一三五七八十腊，三十一天永不差；四六九冬三十日；只有二月二十八"；"一只乌鸦口渴了，到处找水喝……"；"工欲善其事，必先利其器"；"千里之行始于足下，九顶之台起于垒土"；"王婆卖瓜，自卖自夸；他山之石，可以攻玉……"这都是老师狠出来的。我知道我完了,我永远是个小学生。再没有人这样逼我了……从一年级到六年级,他虐待我们六年哪!

重回小城,已近不惑。忽然想去看看老师,就去了槐树街小学。学校还在,人却不在了。问遍所有的人,竟不知陈庭中是谁。学生摇头,老师也摇头,没见过,也没听说过。我嚅嚅的,不禁惶然。

看望老同学"大嘴"。再问冯小美。"大嘴"说,前年已死于轮下。"大嘴"说,你知道冯书记吗?"文革"中自杀了,那是她爸。后来冯小美"神经"了,终日披头散发在街上唱,身后跟一群小孩子。走着走着,还用粉笔画一圆圈,就在圈里站着……"大嘴"说,多好的一个小瓷人呀!

说话间,"大嘴"的女人回来了,进门就问:今儿"跑"了多少?"大嘴"说:叫我算算,三七二十一,四七二十八……小打油儿,一百四十八。

"大嘴"是出租汽车司机。

画匠王
——一九八八

画匠王，一个小小的村。百十户人家，被一段细细颍河绕着。人是很善的，水也很清。秋红柿叶，夏绿芦苇，那沾了水音儿的棒槌响得很遥远。很久很久了，人们像是活在梦里。

这里曾经有过庙，后来庙去了。

这里曾经垒过"请示台"，后来"请示台"也去了。

还有五爷，五爷是村里的神汉，生死祸福、添丁加口亦可问他。

不料，在四月的晴朗的早晨，"吃杯茶"叫着，一向早起的五爷围着村子走了一圈之后，突然向人们宣布说：他要去了。

五爷果然去了……

## 黑孩儿

村西有个篷布厂，是村人们白手起家建起来的。五年了，生意很好。厂里大多是女工，本村外村的都有。一律的厂装，很有些颜色。厂长呢，也就是村长，大身量的汉子，有棱有角的胡茬子脸，披的自然也是很挺的西装，手甩甩地走，哼得很有气派，只是不要醉。

小小的一个篷布厂，销路是不愁的，原料也不愁，自然日日红火，于是乡里县上常有人来参观指导，顺便讨些致富的经验回去推广。厂里呢，就有了一屋子锦旗鲜亮。人来了，定然是要吃酒的。鸡鸭鱼肉，猴头燕窝，分级别招待。人多时就吃流水席，八个厨师日夜候着。来了体面人物，厂长陪着，负些责任的汉子也陪着。若是规格更高些，便叫一两位有颜色的女工端菜斟酒，来来去去的，柳柳儿一闪，柳柳儿一闪，场面就热闹些。

每逢吃酒，厂长身边总坐着一个五岁的娃儿。这娃儿叫黑孩儿。名儿黑，脸儿却不黑，白白的，一身洋装，两眼儿活鱼儿一般，灵灵动动，看了叫人遥想那做母亲的秀丽。无论怎样的席面，纵是省长来了，这娃子也是要坐的。来了人，便去叫娃子，娃子来了才能开席，像是厂规。在席面上，那当厂长的汉子竟先给这叫黑孩儿的娃子布菜，点了什么便夹什么，夹得很温柔。这黑孩儿长得虽秀,却没教养,吃急了伸手去盘里抓。厂长见了笑笑,也不指责,任他胡来。客人总是要问的,这娃儿是谁家的孩子?便说是村里的外甥。话语淡淡的,那脸先就严肃了三分,分明不容客人多问。于是不再问了,就纷纷夸赞这娃儿长得好,有灵气。越夸,厂长的脸越绿,堂堂的一条汉子,像坐歪了似的,笑也苦苦的,只道:"吃菜,吃菜。"

平日里,厂长最主要的工作就是陪酒。他喝酒是极豪爽的,举杯前总是一拍大腿:"宋书记教导我们说:喝酒看工作,喝死去屄!干!!"说罢,便把满满一杯扔进喉咙里去了。客人们不晓得这宋书记是哪位大爷,也不便去问,只被这轰轰烈烈的"语录"念出了豪气,纷纷与厂长碰杯,干得很痛快。但这披西装的厂长只能喝到七成,往下就不敢让他喝了。再喝就眼红了,就恨恨地瞪那娃儿,瞪得眼里喷血!野野地吐一口酒气,接着就骂:"日你祖宗!"那娃儿在席面上昂然地与他对骂:"日你祖宗!""日你十八代祖宗!""日你十八代祖宗!!"再往下,这大身量的车轴汉子就哭,就扇自己的脸,就砸东西……把一桌好好的席面弄得杯盘狼藉!逢了这时候,劝是劝不下的,劝了便驴扔似的躺在地上打滚哭;或是一双眼锥子样的盯着人日骂,从天上日到地下,日遍全球!最后还得让黑孩儿出面,才解了尴尬。那娃儿只要上去喊声"舅",厂长默默……于是,每喝到七成,便有些负责任的汉子抢上去替他喝,生怕他醉了。

也有不醉的时候，叫他介绍经验，自然说些很报纸的话：如何如何地白手起家……开始是说不好的，说着说着脸就红了，浑身的不自在，嘴里吭吭哧哧地寻词儿，人显得很朴实。慢慢就熟了，说起来一套一套的，也生动。经验是很好的，可细细品了，却没有经验，似隐了些什么。就有记者下去采访，想日弄出活经验来去宣传，竟也问不出什么，只觉得一张张脸都有些泛绿。

正因为总结不出经验，县乡两级干部也就一趟一趟地来总结。个个都是很认真的，来了就吃酒，脸喝得红红的，说一些鼓励性的话，再松一松裤带，去了。而后再来总结。日子不是很长么？

其实，那隐了的也极简单。画匠王原是个很穷的小村，没有什么门路。后来省里一位很负些责任的人物（多年前，他在村里驻过队）需要一位保姆，村里就派了模样好的勤快的妞去给人家当保姆。后来那当保姆的半道里跑回来不干了，村长就动员她再去，那边是给一份工资，村里再给一份，给了也不去。那时，办篷布厂正白手起家呢，村长就给妞下跪了，村长流着泪说："妞，去吧。"妞就又去了。此后又换了一个，又换了一个……这都是看得见的，别的也没什么。再后，慢慢，慢慢，凡是在篷布厂做事的村人都有了些钱，大瓦房一所一所地盖起来了，红红的一片，像血。

……就有了黑孩儿。

这是个只有姨没有娘的孩子，也是个只有舅没有爹的孩子，没有籍贯没有户口没有身份，就在厂里养着。

平时，黑孩儿由一名女工领着，村里村外地跑着玩。他在前边跑，女工在后边跟，寸步不离。饿了，走到哪家吃哪家。见了男人统统喊舅，见了女人便喊姨，没有分别。篷布厂那"咔咔咔"的机器声就像是他生命的钟点，机器一响，他就现了，小精灵一样的。厂里的女工们既护他又怕他，不知为什么，想溜号的女工一看见他就退回去了，而后拼命地做。上夜班也是一样的，门口总有他的影子在晃。

看护黑孩儿是很要紧的。有时，看见别的娃儿都有娘，黑孩儿也哭着要娘，闹得女工没办法了，就去找厂长。那当厂长的汉子即刻放下别的事出来哄黑孩儿，常常趴在厂门口的地上让他当马骑，说："上来吧，小祖宗！""小祖宗"就上去了，骑一圈骑两圈，也就不闹了。还有一次，那照看黑孩儿的女工匆忙间办了点私事，回来突然发现黑孩儿不见了，便慌慌地告知厂长。厂长的脸立时变了，抖手给了那女工一巴掌！马上吩咐全厂停工，派人四下去找。整整找了一晌，却发现黑孩儿在二里外的碾满车辙的大路上站着，很忧郁很惆怅地站着，荡了满身的黄尘……厂长听到信儿，亲自跑去把他背了回来。于是又增派一名照看黑孩儿的女工，两人日夜监护。

偶尔，原料愁销路也愁的时候，厂长就带着黑孩儿到省城里去一趟，回来就不愁了。便有一辆辆卡车运了原料来，便有一辆辆卡车拉了篷布去。厂长就扯了黑孩儿站在厂门口看着，听轰鸣声在窄窄的村街里震动，喧嚣。这时候厂长的脸相很木，两眼像狼一样的狠着。黑孩儿呢，每去省城一趟，回来便高兴一阵子。逢人便说，他上大高楼了。一坎台一坎台一坎台，好高好高！又说舅领他逛商店了，见啥买啥。衣服全换了新的……过后，又是被两个女工带着，村里村外地走，晃着小小的忧郁……

篷布厂生意好，就常常出钱给村人们放电影，一放两部片子。四乡的人都来沾光，放电影时，最好的位置总给黑孩儿留着，自然由两个女工带他去看。乡村里演电影像是赶庙会，趁着天黑人杂，外村的青皮后生常结伙在场子里耍流氓，滋事打架。这么一闹腾，挤挤搡搡的，场子就乱了……可只要听见黑孩儿一哭，女工们就纷纷围上来，在黑孩儿周围圈一个圈儿，用身子把他护住。这工夫，要是哪个有颜色的女工被无赖们抓了奶子，摸了屁股，也不吭，忍住。紧护黑孩儿，厂长呢，就给女工们奖励，叫"爱厂如家"，送上红封包一百元。

私下里，厂长跟黑孩儿默默相望，眼里都有些异样的东西。久久，厂长说："孬种！"黑孩儿问："谁？"厂长说："我，我孬种！"往下无话。不过，厂长还是醉酒。醉了就哭，就骂，就砸东西。可来了人还是喝，还是介绍经验，还是参加农民企业家的啥子会，领回更多的奖状和锦旗。也就更豪爽地背那"喝死去屄！"的语录。

一天，邻村的一位村长来厂里吃酒，吃到兴处，笑嘻嘻地说："老哥，你一个屎厂办得恁红火，有啥绝招？"厂长喝酒未到七成，没醉。听了这话，脸很黑，鼻头很亮，就说："叨菜，叨菜。"那人不识趣，又催道："说说，说说。"话是没有的，只把满满一盅酒灌进肚里去了，喝了。厂长那酒熏的鼻子像血染一般，鲜艳得叫人不敢看。那屎人不知深浅，趁着酒热，指着黑孩儿胡呲道："老哥，咱知哩，这娃子就是经验！"

立时，一个大酒瓶砸了过去，砸了他满脸血！

此后，再没人敢说这话。


## 狗　剩

六叔家的狗死了。

六叔一向是德高望重的。他当了二十多年支书，一直活得很体面，很有威仪，也很有滋味。他叫王殿臣，却没人叫王殿臣，都叫六叔。活人不就活个分量么，这就够了。六叔很自信。六叔的自信是有根据的，多少年来，他召集开会从来不敲钟。早些年，他拿着手电筒在村街里晃晃，人们就知道六叔出来了，慌忙往会场里跑。再后，不论什么事，只要把六叔的皮袄往那儿一放，人们就如同见了六叔一样规矩。这会儿，眼看着年纪大了，上头叫下，也就下了。人有了威望，还要什么呢？

然而，他刚刚下台没几天，院子里拴的狼狗便被药死了一对。

这是天亮时才发现的。狗死得很惨，七窍出血瘫卧在地上，长伸着很优秀的黑舌头……

叹人情太薄，一家人都很气愤。六叔的女人气盛惯了，橐橐橐跑出门去，站在门街里跳脚大骂！把个肉屁股都拍红了，细喉咙也敲成了破锣，却没人理，没人应。看看天，还是有日头的，恍惚间竟不信有人敢药死他家的狗？跑回去再看看，真的，竟然是真的！

只六叔一个人黑着脸不吃。那脑子轮盘一样转着，思谋是谁下的毒手。当干部这多年了，得罪人是不会少的，究竟是哪一个呢？慢慢就想起狗剩前天来帮忙的事。这所新屋落成，就狗剩来了。狗剩来帮忙搬家，招呼着抬了抬东西，别的没人来。于是就疑心狗剩。十多年前，为一个南瓜，他当众扇了狗剩一个耳光……狗剩平日里点头哈腰，身子抖抖的，可狗日的记着呢。

人下台了，管事的朋友还是有几个的。就请了乡派出所的朋友来吃酒。酒喝到脸上飘红，便说了狗剩。乡派出所的人有警服穿着，本就心躁，听了六叔的话，嘴里日骂着站起来，当下去把狗剩捆了。而后，用手铐把他铐在槐树上，叫他交待毒死狼狗的事。

狗剩是个鳖货，见了干公事的人身子就抖，就想尿。绑的时候，人已哆嗦成小偷样儿，也不敢问是犯了啥罪，叫去就去了。一直到上了铐子，还是迷迷糊糊的，只巴望着孙子头四下去哀求："哎，爷儿们，同、同志……"同志说："老实点儿！"他就弓弓腰，很听话。等听清了他的罪过，这才苦着倭瓜脸喊冤枉。那喊声仍是小小怯怯，很不理直气壮。待屁股上结结实实挨了一脚，再不敢吭了。继而，又试试巴巴地去送那巴结讨饶的目光，到了送不出去的时候，终于看清黑风风的六叔也在旁边坐着。

看见六叔，狗剩打了个尿颤儿，目光一点一点地短了回去，有泪慢慢地流出来。那身子恓惶地软在了槐树上，闭了眼去，任泪水小溪样的在脸上流。平素，他本是该咧着大嘴哭的，这次没有，只是无声地流，泪水流湿了裤腿，流湿了那本来是很宽阔的胸膛。上边流了，下边也流，已是没什么指望了，流得很净。

天不似往常了，人也不似往常了。就听见村西篷布厂那"咔咔咔"的机器声，就听见九香家的带子锯那刺耳的尖叫，就听见六叔开着小拖"嗵嗵嗵嗵"从村街里过，就听见小片家的榨油机那"嗡嗡"响声，就听见"卖豆腐——哟！"那大嗓的吆喝……

慢慢，他睁了眼，目光一点一点地探出去。先是瞅着六叔的脚，接着惶然地升到了六叔那曾经拴过公章的腰窝处，而后躲躲闪闪地移到六叔的制服兜兜上,终还是不敢看六叔的脸……

片刻,狗剩转口说:"六叔,我错了。"

这一声叫六叔轻松了许多。他重重地"哼"了一声,这狗日的终还是认了。

派出所的人厉声喝道:"老实交待!"

狗剩便说:"我不是人,我不是人……"

就叫他交待怎样地不是人。狗剩叹一声,晃晃头,眨巴着眼里的泪,望着六叔说:

"六叔下台了,没人来巴结六叔了,就我还想着巴结六叔,贱叽叽地跑来给六叔搬家。我不是人,我是个狗!我不是人,我是个狗……"说着,人已痛到了极处,就抱着树往地上发溜,挣着身子往下跪。手在树上铐着,跪也很艰难,可他居然跪下了。跪在地上"汪汪"地学狗叫!一边叫一边爬,爬着叫着,叫着爬着,就那么围着树转了一圈又一圈……

六叔默然。心里竟酸酸的,那话他听出来了;平日里多少人巴结,一下台就没人来了。狗剩还来,这就不易,怎能再疑心人家呢?

定然不是狗剩。

不是狗剩,又是谁呢?六叔的方寸乱了,脑海里成了一团乱麻。想想,撑了几十年的架子内里竟空空的,不觉中少了自信。六叔拍拍头,又拍拍头,终于叹口气说:"狗剩侄子,委屈你了。"就叫人放了狗剩。

狗剩连声说："不亏，不亏。"说着，就打自己的脸，手腕儿已经铐肿了，巴掌打在脸上木辣辣的！

六叔很是无趣。又赶忙拉狗剩上屋吃酒，狗剩弓着腰说："不敢，不敢。"竟挣着身子去了。

狗剩回到家，躺在床上，两眼瞪瞪地望着房顶，人就像傻了一样。心说：咋就不是人呢？咋就不是人呢？脑筋憋在"不是人"上死钻。他钻了整整一天，把一生一世都钻了，仍觉得不是人！就往人上想，想想，流流泪。想想，流流泪。渐渐，一颗鳖缩的心就泡大了……

二天，风很臭，村街里更臭。忽听见六叔家炸了营一般，大人小孩齐哭乱叫。村人们纷纷跑出来看，才晓得六叔家那新漆的大门上被人摔了一罐子屎尿！

村街里人来人往，自然都看见了。看了，咂咂舌，目光各有些讲究……

六叔没想到他已是这么平凡，平凡到竟有人敢往他门上摔屎的地步！当下就气晕了，吐了一口浓浓的血，被人急急地送进了城里的医院。六叔的女人也没了着落，只是哭。这下子，六叔一家再也出不得门，抬不起头了。

村街里臭了三天……

狗剩就坐在家等了三天。

他等人再来铐他。按说，捆也捆过了，铐也铐过了，还趴在地上学了狗叫,人已贱到了底,就不该怕了。他也是这么想的,可他还是怕。怕了,就想尿。他说:别尿。别尿。憋急了,就打自己的脸,嘴里喊着:我叫你不是人,我叫你不是人!终于没尿,干了一回裤子。

却没人来。

狗剩呢,就撑大胆子在六叔门前过了两趟。知道那红漆大门是摔过屎的,便看得低了。就觉得六叔也是人,也有湿裤子的时候。于是,平添了一些豪气。

此后,狗剩挺挺地在村街里走,说话不看人的脸了。想好了就说,说了也不看人的脸。做事呢,也有些板眼。也有怯的时候,怯一回,他就打一回脸,嘴里喊着:我叫你贱,我叫你贱!渐渐就不怯了。常常跟匠人搭帮去做泥水活,做得很认真。钱是花力气挣的,就往宽处使。不怀,又专门去城里剃了头,人显得出亮了,就不觉得比哪个矮。

六叔病好回村。狗剩见六叔病恹恹的,人瘦了,脸色很黄。不觉就生出些怜悯,那眼光竟也是怜悯的。就款款地走上去,拉住六叔的手说:

"六叔,病好了?"

六叔很虚弱地应一声,说:"好了。"

"六叔,多养养吧,多养养。"

"唉,老了……"这一声长叹,叫人觉出日月的悠长。六叔呢,也不禁落了两滴老泪。

"六叔，自己爷儿们，缺啥少啥言一声……"

四目相望，六叔无话，只默默地点了点头。

天光冉冉，话语淡淡的，心仿佛都很宽，似没了计较。但不知不觉中，都觉得流去了很多时光。

时光哇……


## 捉　奸

已是四更天了，夜依旧很躁。九香家那尖厉的带子锯的嘶叫像刺在人心上的一片瓦碴；村西篷布厂久碎着嗒嗒嗒嗒；大路上常有"嗵嗵嗵"的小拖从人心上轧过；狗也癫狂地叫；而月光总像偷了人家似的，模模糊糊地在云层里躲闪；连猪圈里也睡了人（村里又丢了两头猪），稍有动静，便有黑黑的一条从铺了干草的猪窝里爬出来，惊慌地问："谁？！"

铜锤铁锤两兄弟缩缩地蹲在明堂的窗下，谛听着一片黑暗。夜很凉，心里却很热。有些日子了，铜锤家女人说是夜里去圈里看猪，就不在屋里睡了，有天半夜，铜锤想干那事儿，就摸到圈里，却没摸到女人，只有猪。想想治一个女人不容易，又披了裤腰出去找，找来找去，却又见女人在自家的猪圈里睡着。很纳闷，自然是不敢问女人。女人很白，洋种马一样的高大。铜锤却很矮,很黑,狗样的瘦。要不是早早定了娃娃儿媒,女人不会嫁他。此后这种事儿时有发生,铜锤咽不下这口气,夜里就悄悄盯着女人。女人猫样的精灵,跟着跟着就不见了。也听过几家的墙根儿,始终摸不着头绪。渐渐,疑心是睡到明堂铺上去了,只是没有见证。就约了兄弟来捉。

两人是后半夜伏下来的,似听着屋里有些动静,贸然又不敢下手。舔了窗纸独眼看,只觉黑洞洞一片,分不清鼻眼儿。虽然心里火烧火燎地难受,也只能明了究竟再说。

估摸有两个时辰了,就听见黑洞洞里有了柔柔的一声:"嗯?"另一声却十分地浊重:"嗯。"接着是一阵窣窣的穿衣声。"啪儿",灯终于亮了,铜锤家女人果然坐在明堂的铺上,脸儿红红的,扭着腰儿说:"俺走了。"床上躺着一条野野的汉子,亮一身肉,那自然是明堂。明堂伸伸懒腰,说:"尿哩,慌啥?"说着,翻个身儿,从枕头下摸出一捆钱来,随手一扔,说:"拿去吧。"铜锤家女人愣了,手高高地扬起,脸上怒嗔嗔的,像是要打人,却慢慢松了下来,只说:"你看你,你看你,这多年了……"明堂打了个呵欠,依旧懒懒的:"这是一千块,拿去吧。"铜锤家女人看了看扔在床边的钱,又瞅瞅明堂,没了别的话说,又喃喃道:"你看你,这多年了……"明堂不吭,眼斜斜地瞅着她。铜锤家女人突然羞羞地低了头,在床边摸摸索索地找鞋穿,心慌,忙了好一阵还没穿上,穿上了,又磨磨蹭蹭地坐在床边夹卡子,竭力不去看那钱。女人的眼神儿是很游移的，既飘动着多年的纯情，又漫散着日子的宽余，一时竟有了很多的遐想。终于，她的手抖抖地碰到了钱，便慌慌地说："那俺走了。"

屋外，窗台上探着两颗黑黑的人头，眼里都窜动着腾腾的绿火。铁锤猫了猫身上，瞪着眼小声说："哥，下手吧？！"铜锤咬咬牙，喘一口粗气，说："别、别慌……"

屋里，当铜锤家女人走到门口时，明堂折了折身子，说："琴……"铜锤家女人转过脸儿，心跳跳地望着明堂，又下意识地看了看拿在手里的钱，忽然觉得失了什么。明堂把目光放到屋顶上，淡淡地说："琴，明儿，你别来了……"

铜锤家女人眼巴巴地望着明堂，身子瑟瑟地抖着，像是明白了，又像是什么也不明白。手心湿湿的，心里却很凉。一时，那很多个夜晚的美好就变得很低贱……她默默地流着泪问："你……有了人了？"明堂不吭。她又说："你真狠，你有了人了……"明堂还是不吭，那意思是很明了的。在篷布厂做业务员的明堂这两年有钱了，再也不是穷光蛋了……铜锤家女人再次举起了手里的钱，狠狠心，像是要砸过去，砸在那负心人的脸上！那一定是很解气的。可她的手慢慢、慢慢又缓了下来，失了片刻的辉煌，留住了日子的宽余。是了，在一个个偷情的夜晚，她说过蜜样的甜话："俺甚也不求哩，求个像样的男人，求个心儿……"野汉子也说过很多疼人的话，一次又一次，恨不得把她暖化了……铜锤家女人幽幽地站着，似很想挽住那昔日的美好,却又无话可说,只重复说:"你真狠!"

屋外,铁锤急辣辣地说:"哥,还等啥?下手吧!"铜锤两眼窜动着绿火,呼吸声越来越短粗,人却慢慢地蹲下去了。他的头抵蹭在砖墙上,很泄气地哑声说:"算、算啦。"

"屌哩,这……就算啦?!"

"狗日的说,不……不来往了。"铜锤满脸淌汗,头在砖墙上狠狠地碰着。

"咣当"一声,铜锤家女人风一样地跑出来了……

夜浓浓的,风很腥。鸡子全在树上卧着,墨一团绿一团。月儿在云中游移,一时明了,一时又暗了,更显得夜花。两兄弟蔫蔫地勾着头,深一脚浅一脚地往回走,那粗粗的喘声就像伏天里的狗。夜虽遮了脸儿,那羞还是随着心跳。铜锤知道这事儿太屈辱了,死勾着头,不敢看兄弟的脸。他知道他是想要那一千块钱,那一千块钱对他太重要了。他早就想和人搭伙儿买辆小拖,可钱差一些,有了这一千块,就差不多少了……可他也想要女人的清白。女人虽然已经不清白了,他还要脸面,脸面是活人的招牌呀!他心里是很矛盾的。一时看见白花花的票子在眼前飘……一时又看见女人那白白的长腿伸在人家的铺上,一晃一晃地扎人眼……他恨哪!恨天,恨地,恨女人,恨野汉子明堂,也恨自己!!

走着,走着,铁锤一跺脚,粗粗地喘口气说:"哥……"

铜锤身子晃了一下,就势矮下来,很小的身量缩缩地蹲在了地上,亮着一脸汗:"兄弟,你骂吧,骂吧,恁哥不是人,是畜生!"

铁锤的两眼像着了火似的,身子瑟瑟地抖着,牙关也"咯答答"地响。他干干地咽了口唾沫,就把要说的话咽回去了。他跺跺脚,站着愣了一会儿,还是忍不住,就突兀地说:"叫我也日一回!"

铜锤忽一下弹了起来,狠狠地揪住铁锤的脖领子:"你说啥?狗日的,你说啥?!……"

铁锤勾下头,嗫嗫了半晌,才说:"人家,人家都日了,咱……"

铜锤一下子像垮了,脸上的汗像雨一样淌下来,他慢慢地转过脸来,闷闷地往家走。

铁锤赶上去求道:"哥,反正、反正是破罐子了。我、我也给……咱亲兄弟明算账,说多少就多少。"

两股绿火相撞了,亲兄弟一下子变得很陌生。铁锤浑身像着了火一样,他三十了还没说下媳妇,太馋女人了!如果没这回事,他还能忍住。可他看见了,都看见了……他"扑咚"往地上一跪,说:"哥,人家……咱就不能么?!"铜锤恨不得上去把兄弟捏死,却又无话可说,只后悔不该带他来。他慢慢地勾下头,说:"她……不依。"

"你别管,你别管……"铁锤慌慌地说。

铜锤的目光游移了一下,就又往前走,慢吞吞的,一下子像老了十岁。

铁锤赶忙追着屁股说:"哥,自家人,就五十吧?"

铜锤走了几步,"咝咝"也从牙缝儿里迸出两个字来:"六十。"

"五十吧?"

"六十!"

"六十就六十。"

"不管她愿不愿……"

铁锤急猴似的喘着气说:"哥,你去村头转会儿吧,多转会儿。"说着,野野地赶走了。

无边的夜色把铜锤掩了。铜锤对自己说,去菜地看看吧,别让人偷了菜。就去了菜地。可他感觉不到自己在走,只觉得有一副躯壳在游动,那仿佛与自己是不相干的。当他的头撞在树上的时候,才猛然地醒了过来,就火烧火燎地往家赶,嘴里念着:"杀!杀!杀!!……"

第二天早上,铜锤家女人不见了。


**捏蛋儿**


桌上放着一只碗,碗里滚着三个小纸蛋儿。

碗很大，蛋儿很小，但蛋儿裹着一个漫长的用碾棍推出来的岁月。

大黑蹲着，二黑蹲着，三黑也蹲着。大黑在篷布厂做事，负一点小小的责任，因此穿得很体面，也郑重。在厂里有了一些陪上边人喝酒的机会，就觉得晓了很多事，脸上不免带些矜持的傲气。二黑在窑上做事，终于不再下死力脱泥坯了，负了一点责任，就吸上了很好的烟。脸上呢，很自觉地带出了监工人应有的表情。三黑显得躁一些。出门做了几趟生意，并没有挣什么钱，只穿得花哨了，也仿佛见识很广。手里摆弄着一只很名贵的空烟盒，就有了一副离土地很遥远的样子，女人们却紧张得实惠，三房媳妇或坐或站，眉眼儿像枪口一样瞄在蛋儿上。

椅上坐着公人，公人是特意请来的，是位很有人缘又很公平的主儿，绝不会徇私，那蛋儿自然也是公人监制的，各道程序都很齐备。

那么，按着规矩，下一步就该是捏蛋儿了。

"蛋儿"斜靠在门槛上，头勾着，眼闭着，像一只沉睡中的老狗。日影儿慢慢地爬到了门口处，斜照着他那半边浑浊的脸。人已是很老了，脸自然很木，枯枯的老皱网着一条条岁月的沟壑。沟壑的底部是土黑色的，端沿儿却是灰黄，杂染着庄稼的汁液和泥土的微尘。天光在这张脸上爬出了一片混沌，混沌里透着迟滞的宁静。仅有的生意是挂在嘴边的那滴口水，那口水极缓极缓地在枯干的嘴边上流着，流出了一片极小的湿润。那湿润爬出了嘴角，似要滴下去而未滴下去，仿佛很沉重地悬着，于是老人的嘴边就有了一片光亮，那光亮书写着他那漫长而悠远的一生。书写着一个小小的生养了三个孩子的世界。那世界是用一根碾棍推出来的……

公人轻轻地咳嗽了一声，那暗示是很明显的。该说的都说了，时光已是不早，还等什么呢？

沉默中，大黑郑重地说："捏吧。"

二黑说："捏吧。"

三黑也说："捏吧。"

于是，三房媳妇都盯着碗里的小纸蛋儿。这纸蛋儿实在是已不陌生。往日里，他们曾用这纸蛋儿分过粮食，分过牲口，分过土地……

阳光慢慢地爬到了门里，送来了一片晃眼的暖意，把裹在破棉絮里的"蛋儿"映得很陈旧。老人的眼依旧闭着，头勾着，蜷着一把老骨头。渐渐有牛粪的气味从他身上散出来，随爬行的阳光游动。继而有一队庄严的虱子从破袄的污垢处探出来，缓慢地顺着衣褶蠕动。于是，在臭烘烘的阳光里，立时就有了甜甜的泥土的腥味，虱队像犁样地分散开去，亮亮的虱头像犁铧一样地扎进了一沟一沟的袄缝，重又播种去了……

大黑看着"蛋儿"，二黑看着"蛋儿"，三黑也看着"蛋儿"，看那摇摇下坠的口水。那滴口涎慢慢地从干瘪的嘴角处扯下来，扯出一条长长的线。那线垂在七彩的阳光里，悬得让人发急，却依然不坠。这沉重似乎越过了时光的限制，把人生高高地吊着……

三黑皱皱眉，似有些不耐烦了，说："大哥，你先捏。"

大黑很沉稳地说："老二，你捏。"

二黑摆摆手，说："老三，你捏。"

三兄弟都是明事理的人，自然都很客气。在这一刻，往日那些小小的不愉快顿时烟消云散了。你谦让了，我也谦让，互送着一片和解的诚挚。媳妇们即刻做出很懂规矩的样子，松了那紧着的目光，身子拧出了一片温柔。

公人笑笑说："自家兄弟，都一样的，谁先捏都一样。"

大黑叹口气，说："唉，要不是厂里事太多，我又经常出差……"

三黑马上接口说："跑生意，一天一个样儿，说走就得走……"

二黑鼻子哼了哼："尿！话不能这么说……"说着，看了看媳妇的脸，手一摆："算了。"

"蛋儿"臭不可闻地蜷缩在阳光里。在阳光的引逗下，屋里的气味越加地杂乱无序。"蛋儿"身上的血汗味经过了七十六年的酝酿，成功地与虱子屎臭虫尿蚊子的口液勾兑在一起，经过了四时的大化，风霜雨雪的侵染，就有了干浓烈横的风格。媳妇们抹的那点劣质雪花膏是不堪一击的。于是各自掩着鼻子,不停地往地上吐唾沫。"蛋儿"依然不觉,就把身子更舒服地往阳光里蜷。那滴长长的口涎垂垂地落在了曲着的干柴腿上,跨越了蛇盘样痉挛的黑色血管,摇摇地悬在离地有一寸高的地方……

公人催促道:"捏吧,捏吧。"

大黑似乎还想说一点什么,很理论的什么,以示他在篷布厂是负一点责任的。可他仅仅是扯了扯披在身上的很皱的西装,就站起来说:"捏吧。"说罢,很从容地从碗里捏出一个蛋儿来。大媳妇立即凑上去,战兢兢地看了,不吭,又把身子扭了过去,缓身坐了。

二黑手一伸,也从碗里捏出一个来。二媳妇很神秘地探头去看,那蛋儿就在男人手里摊着,女人慌忙抢过来,小心翼翼地展在手里……

三黑刚要去捏,手被媳妇重重地打了一下,就慌忙抬头,诧异地望着女人。片刻,倏尔明了,去读老大老二的脸……

一刻,都不说话了。众人默默地瞧着公人。碗里还有一个蛋儿,那自然是老三的。

三黑在老大老二的脸上没"读"出什么,按捺不住,终于把碗里最后一个蛋儿捏了,紧攥在手里,像抓住心似的,脸上沁出了一层汗……

倏尔,女人们"呀"地叫了一声!众人的目光全移到了

"蛋儿"的身上，奇了，只见那老袄的破处，七彩的阳光下，渐渐长出一棵小小的绿芽儿来，一个芽头儿，两个芽瓣儿……

大媳妇说："麦芽！"

二媳妇说："麦芽！"

三媳妇说："麦芽！"

这当儿，"蛋儿"那悬在嘴边的一线口水终于落在了地上，湿出了一个小小的圆。与此同时，"蛋儿"像刚从梦中醒来一般，"吞儿"声笑了。

大黑愣了。

二黑愣了。

三黑也愣了。

## 国家教师李明玉

村东头有所学校，二亩半大，错错落落十几座旧房子。院墙是土夯的，被孩子们的屁股磨得豁豁牙牙，若是放假的日子，很像是断了香火的破落庙院。

学校原是三个村联办的，常常为摊份儿不公闹气，你出钱多了，我出钱少了，这村派了一名民办教师，那村也得派一名，弄得很伤和气，后来那两个村干脆不管了。摊子撂给了画匠王。所以，学生多是本村的娃子。老师呢，自然有公办和民办的分别。"公办"是国家教师，端的是铁饭碗；"民办"是代课教师，端的是泥饭碗，也就凑合着教。学校里原有两名国家教师，一名是本村的，一名是外村的。那外村的年龄大些，五七年犯了错误才回来教书的，很有些怨言。他平反后艰苦卓绝地奋斗了七年，终于在胡子白了的时候杀回城里，带着一家老小吃商品粮去了。另一位原也是代课教师，字是识一些的，人很聪明，会一手好木匠活儿。于是每逢假期便到县教育局去给人家免费奉献手艺，从局长家做到股长家，就这么做着做着转成"公办"了，就这么做着做着走屎了，很让人羡慕。现在，学校里挂国家教师牌子的就剩下李明玉了。

李明玉家在画匠王是单门独户，性孤，人缘就好。李明玉自小也在这所乡村学校里上过学，后来就成了这所学校的骄傲。他考上大学了，是师范专科生。这让村民们很是荣耀了一阵。都说他文才好，将来定是要做大官的，可他毕业后却又分回来了，依旧是背着被子，提着破洗脸盆，还有一捆书……这很让人失望。回来那天，就有人跑到街上问：明玉是不是犯了啥错误？

错误是没有的。成绩还是优等。就是人太腼腆，读了几年大书却没读书做人的门道，不回来又能到哪里去呢？开始，李明玉并不觉得太委屈。毕业了，没后门没关系的，能弄个国家教师的牌子扛着回村教书,也就够了。再说,人年轻,热情还是有的,于是一回来就找校长联系工作。校长是村支部副书记兼的,指示也就那么几句:"弄吧,都是村里娃子,好日哄。不听话脱了鞋打屁股!……"李明玉本来把教书看得很神圣,被校长几句话说得很不痛快,一是"弄吧",二是"日哄",就没了一点点儿神圣味。接着,他第一次上课就淋了雨。学校本来就很简陋,教室漏雨,教师们阴天上课都披一块破塑料布,时刻准备着。李明玉没有经验,头天上课穿了一身新衣裳,头发也梳得油亮,却不料赶到雨肚里去了。一进教室屋顶上掉下一块烂泥,刚好砸在他的头上,引得学生娃儿们哄堂大笑!往下,他讲几句看看房顶,讲几句看看房顶,像蹦猴似的在讲台上来回动……一堂课下来就有了"蹦猴"的绰号,弄得他十分尴尬。

更可笑的是,在这所乡村学校里他怎么也严肃不起来。学生娃儿全是本村的,亲戚摞亲戚,多少都有些牵连。下了课就叫哥、叫叔、叫爷,叫着叫着就没了老师的尊严。有一次,一个学生在课堂上玩麻雀,他就严肃地批评了几句。不料,那学生突然张口骂道:"日你妈蹦猴!"他的脸一下子涨红了,愣愣地望着那学生,好半天才缓过来,就忆起按辈分他该叫这娃子一声叔的,很觉得荒唐,也只好伸伸脖子咽了。

渐渐,这课就上得没有滋味了。学生隔几天走一个,隔几天走一个,问了,都是做生意去了。教室里坐得稀稀拉拉,自然没了心境去好好讲。还有的学生吸着高级烟回学校来，大咧咧地敬他一支，把他兜里装的三毛五一盒的许昌烟衬得很委琐。后来，见人连烟也不敢掏了。

在村里，办什么事也没有往常顺了。有时候连东西都借不出来，人显得很落价。有一回浇地，捏蛋儿时李明玉捏了第一名，可浇的时候电工却把他排到了最后，电工的眼就是"人秤"，李明玉一下子就明白了自己的分量，晓得国家教师这牌牌很不值钱。此后，心越来越灰。气憋在肚时，有话无处说，那日子就显得难熬。

就有人出主意说："跑跑吧，跑跑。"

于是就跑跑，一"跑"才知道，这"跑"是极有讲究的，那也是一门很高深的学问。听了村里爷儿们教给他的"跑"法，李明玉更觉得自己浅薄。读了那么多年书，原是读傻了。就诚惶诚恐地跟村人学那"跑"的学问，把那舍不得吃的花生、香油一趟一趟地往县教育局的头头家送……

就这么"跑"了两趟，村人们都知道了。一听说李明玉要走，大伙儿立时变得热情起来。他在村街里过，就有人很主动地跟他打招呼，送他一脸的笑："中，你娃子中，早看出你娃子是块大料！"弄得李明玉哭笑不得。电工见了他大老远就喊："明玉，需要啥言一声！"村长拍拍他的肩膀："明玉，上头关系重，别惜乎钱……"连捡破烂的么叔见了也关切地问："明玉，活动得咋样了？赶明儿我给你弄两瓶好酒摔摔。"

隔天，么叔果然提来了两瓶好酒，一进门就说："娃子，上头礼重，轻了不办事。这两瓶酒你拿去，准叫鳖儿给你办了！"

明玉一看是"茅台酒"，眼都瞪直了，结结巴巴地问："么，么叔，这这这……得多少钱呢？！"

么叔眨眨眼，笑了："假哩，日哄鳖儿哩！"

李明玉吓了一跳！怔怔地望着么叔，就觉得这"跑"的学问越来越深刻了。

么叔赶忙说："尿哩，没事儿。假哩跟真哩一样，不信你尝尝。"

李明玉疑疑惑惑地打开酒瓶盖儿，立时闻到了一股浓香，那香味的确与众不同。他心怯，不放心地问："么叔，看不出来吧？"

么叔一拍胸脯说："娃子，请放心了，喝到底也喝不出来！"说着，嘿嘿笑了，"实话给你说，这两酒瓶是我收破烂收来的。酒是一点儿不假，散酒。不过，我有法叫它变……"

李明玉当然不放心。给人送礼，送些假货，万一喝出来怎么办？！就问他到底使的啥办法。么叔这才小声说："娃子，这法儿可不能说出去呀！实给你说，我往酒里滴了一滴'敌敌畏'……别怕，没事，一滴没事儿。咱日哄鳖儿哩。咱日哄鳖儿把事儿给咱办了。咱不坏良心。我尝了多少遍了，跟真的一样，香哩！"

149

虽然么叔一再保证，李明玉还是不敢送，那酒里掺的是"敌敌畏"呀！

日子一天天过去了，调令终不见来，李明玉眼看着事儿不成，又跑了两趟，人家总说"研究研究"……无奈，他硬着头皮把两瓶假茅台送去了。

酒送去了。有几日明玉很慌，生怕喝出事来，公安局来找他的麻烦。可没过几日，调令就下来了。

于是，李明玉又成了全村人的骄傲。在他办手续那几天里，村里天天有人请他吃酒。有时一天几场，排都排不过来。当然，请他的都是头面人物，在酒宴上都多多少少地教他些做人的"学问"，以备他进城干大事用。明玉很虚心地听着，默默地点头，再也不敢小觑乡里爷儿们。临了，都会恳切地说上一句："娃子，做了大事，可别忘了爷儿们哪！"

么叔也觉得很体面，在村里逢人就讲，是他用两瓶茅台把李明玉"日弄"出去了……

走的那天，校长带领全校师生列队在村西头欢送他，还特意地借了两面破鼓敲着，场面很热烈，学生娃儿们也都不喊他"蹦猴"了，一个个亲亲地喊老师，那目光是极羡慕的……李明玉却哭了。

村口停着一辆吉普车。

李明玉走了，这所乡村学校里再没有国家教师了。

## 香　叶

男人跪在她的面前,男人说:"完了。"

那时候,男人还是很风光的,常常坐着卧车回来。喇叭鸣得很响。村里人都以为男人发财了,男人说:"屎!钱算啥?三十万五十万小菜一碟!"于是就穿得特别崭括,西装一套一套地换,吸最好的烟,喝最好的酒。见了人头昂得很高,把揣在兜里的小片片亮给人看,说上边有"洋文"。后来家里的饭一口也吃不下去了。烙了油馍,说不香;给他摊煎饼,又说没味儿。接着就夸城里女人的手巧,做的饭有滋有味的。有一段时间,男人嘴里渐渐露出了一点口风,男人不想要她了。两个孩子了,男人不想要她了。城里女人映花了男人的眼。男人一回来就发脾气,就找茬儿。她是个柔弱的女人,为了孩子,她都忍了。地里的活儿男人从来没干过。农忙时,她想让男人帮帮她,男人说:"屎!收收打打也就是几百块,撂了算啦!"男人说了大话,可从不见捎钱回来,她只好一个人死做,在土里扑腾的女人是很见老的,而男人的日子却日见喧闹,她成了男人的拖车……可是,男人突然回来了。没有坐卧车,也没有了往日的张狂。在夜半三更的时候,男人贼儿样地敲响了家门,进来就扑咚一声跪下说:"完了。"

到了这时候,男人才告诉她:他托人贷了一些款,加上合伙人摊的股份，还有一些邻人托他买化肥、农药的钱，全都被人骗了！他本意是要做大生意的，然而，却被广东蛮子骗了……

夜有些凉，她抖着身子问："多少？"

男人抓着自己的头发，泪流满面，神色十分惊恐。他吞吞吐吐地说："有……有、好几万。"

男人说得很含糊，言语间躲躲闪闪的。到了这般境地，男人还想瞒她。这一次，她不敢再相信男人了："到底多少？"

男人喘口气，结结巴巴地说："八、八万……"

老天哪，八万！她娘儿仨在家省吃俭用，喂猪喂鸡，加上卖粮食的钱，紧紧巴巴一年才能挣七八百块。而男人一下子就欠了八万……

男人擂着头说："我作孽呀！我对不起恁娘儿仨，让我死了吧……"

男人不想死。男人要想死，就不会在她面前下跪了。可男人的方寸已经乱了，男人扶不起来了。多年来她一直是靠男人拿主意的，现在男人成了一堆泥。她一个妇道人家又有什么办法呢？

两个孩子在床上睡着；男人在她眼前跪着。她看看孩子，看看男人；看看男人，又看看孩子……末了，她叹口气说："你走吧。"

男人慢慢抬起头，嘴张了张，却什么话也没有说出来，只眼巴巴地望着她。

她心里很乱，却不得不撑住架子说："你走吧，出去躲一躲。三年，五年……"

男人紧抓住她的手，抖抖地说："家里……"

她说："家里你别管了，天塌下来有俺娘儿们顶着……"

男人哭了，男人像孩子样地偎在她怀里，一声一声地喊着她的名字说："香叶，香叶，我挣了钱就回来……"

八万元，怎么去挣呢？她不敢往下想，也不让自己往下想，就说："天快亮了，收拾收拾走吧。"说着，她站起身来，从破衣柜里摸出五十块钱递给男人。男人哭着不要，她把钱塞到男人的兜里。男人又抓住她的手说："香叶，香叶，我对不起你……"男人的手很湿，很凉，哆哆嗦嗦的，她心里突然有了一丝快感，很沉重的快感。只有在这时候，男人才彻底地属于她。

男人去了。男人是从后院翻墙走的，男人连从大门走出去的勇气都没有了。当男人的脚步声消失之后，香叶一屁股瘫坐在地上，再也站不起来了……

第二天，讨债的便拥上门了。三教九流的各路债主闹嚷嚷站了一院子。有的人进门就喊："五大喷，今天你就是砸锅卖铁也得还老子的钱！"一问当家的不在，便知道那"鳖儿"跑了。顷刻间，院子里像炸了似的，债主们全都红了眼，有吆喝着扒房子的；有抢牲口的；有跳猪圈里赶猪的；也有冲进屋里拾掇值钱东西的……屋里屋外闹成了一窝蜂！

香叶从没经过这阵势，看见人腿就软了。可男人已经跑了，孩子还小，她只有撑着。开初，人们知道一个妇道人家不支事，她说话也没人理她。香叶就默默地去灶房烧水，任人骂翻天也不开腔。水烧开了，她就一碗一碗地往外端，家里的碗全拿出来了，在地上摆了一片……这当儿，两个孩子吓得扑到她怀里哭起来。她给孩子擦擦泪，轻声说："去吧，上学去吧。叔们逗你们玩哩……"一时，债主们被这媳妇的沉静镇了，又乱哄哄地围上来向她要债。香叶随手搬只小凳在当院坐下来，挺住身子说："爷儿们，都走了恁远的路，喝口水，有话慢慢说吧。"

债主们像没王蜂似的团团围住她，一个个躁躁地骂着，有的干脆张大嘴哭起来……

香叶软声说："男人在外头的事，俺也不清楚。可话说回来，跑了和尚跑不了庙，既然欠了人家，总是要还的。爷儿们消消气，慢慢说……"

乡信贷员老马挤上来，一跺脚说："唉呀祖奶奶！五万哪，我给他贷了五万……"

香叶心里打了个冷颤儿，眼前一黑，就觉得那数字像山一样压过来。她两手抓着凳沿儿，坐稳了才说："大哥，你是国家的人，懂政策。有句话我不该说，他是个没星秤，这款当初你就不该贷给他。这会儿闹出事来了，这个账俺应了。你知道，五万元不是小数，俺眼下也还不起。你要当紧逼俺还账，大哥，你看看这院里，屋里，东西全折上，值不值那些钱？"

老马一时急火攻心，炸着喉咙喊道："没，没钱……我上法院告他鳖儿！"

香叶慢声慢语地说："大哥，你告到法院，就是找着把他抓起来，这账还是要还的。你说是不是？给他一条路，他兴许能挣些钱来，慢慢把账还上。要是他挣不来那么多，家里俺也认这个账，早早晚晚给你堵上这窟窿……"

老马一拍屁股，说："现今上头就催着要款！哪怕先还个一万两万呢，也不能叫我背黑锅呀？！"

香叶端起一碗水递给老马："大哥，你别急，先喝口水。我又跑不了……"待老马接了水碗，她又说："大哥，事到了这一步，责任你也担一些。听说贷款时你也得了些好处？这样吧，你先把那一万元好处费还上。这四万我认了，慢慢还。只要我手里有钱，都是你的。挣一块还一块，啥时要啥时给，绝不赖账。要是还不行，大哥，你搬东西吧，啥值钱拿啥……"

老马傻愣愣地捧着水碗，人慢慢地蹲下去了……

余下的债主七嘴八舌地嚷着要账。有三千两千的，也有三百五百的，一个个都像疯了似的。手指头点在香叶的脸上！唾沫星子溅在香叶的脸上！香叶不扬头也不低头，就直着身子跟人说好话……那些有借据的，急着用的，香叶指指院里的牛、圈里的猪，又指指屋里的东西，说：

"大哥，钱是欠了。当家的虽然不在，这账俺认。你看看这院里屋里，凡值钱的，请挑了。你说个数，把账抵上。不够呢,说个日子,俺慢慢还。知道恁挣钱不容易,话也不能说到别处……"

人们蜂拥而去,屋里屋外看了,家里值钱东西的确不多。就有人挑了牲口,有人赶了猪,有人抬了桌子、柜子……香叶眼含着泪看人挑东西,那都是自己多年辛劳挣下的呀!可她还不得不笑着说:"大哥,弄到这一步,真是对不住了,恁多担待吧。"

债主们知道她男人在外边花天酒地,女人却不曾享过半天的福,如今担下了天大的窟窿……心里都酸酸的。那噎人的话再也说不出口了。

还有一群没有凭据的,也都嚷嚷着要债。香叶说:"老少爷儿们,按说,借钱是该还的。没有钱,也得说个时候,各位都说明心欠了钱,到底欠了没有、欠了多少?该是有个凭据的。想各位都不是外人,人到难处了,也不会坑俺。可明心不在家,叫我怎么说?这样行不行,一是等明心回来,他只要说借了,会还的。要是明心不回来了,只要能说出几个证人,公道的证人,我也认。你们都看见了,这个家是败了。人都有落难的时候,再宽些日子吧……"

众人默默地,也都觉得这女人说得是理。有的就日骂着去了,有的还留下来死缠……

就这样,从早到晚,要债的来了一拨又一拨。她就一遍一遍地给人说好话。她是个没出过门的女人,一生都没说过这么多的话,也没作过这么大的难。有时候,人们拽她、搡她,叫骂声、嚷吵声几乎把她淹了！她就觉得熬不住了，再也熬不下去了，就想疯，想死……她恨男人，却又不得不护住男人。男人是她的。在这种时候，男人是她的。她用心中的"男人"支撑着这实在难以支撑的局面。

月上柳梢儿的时候，屋里屋外的东西已经光光净净了，只差房子没有扒……

香叶还在院里坐着。她哭了，哭了整整一夜……

第二天早上，人们见香叶从街上赊了一百个鸡娃。

## 二拐子

二拐子，小头，眼斜斜的，走路画圈。人是很聪明的，就是好赌。赌起来能一连三天三夜不吃不喝不尿，精瘦一个小人儿，那膀胱像是铁做的。赢的时候，就大堆往怀里搂钱，看都不看，点烟用十元票，奢侈得像百万富翁。输的时候，也不寒脸儿，钱输光了，就押家什，押裤子，光着屁股也干。有一回，他输了钱，出门碰见儿子。儿子七岁了，大名叫王国栋，小名儿叫丢儿。他看见儿子就喊："国栋，过来，过来。"儿子刚放学回来，就问："爹，啥事？"他说："用用。"说着，就把儿子拽到赌场上去了。进门一声："押上！"就把儿子押上了。女人听说信儿,风一样赶来,抓住他又打又骂!二拐子连声说:"用用,用用。"说话间就和了一盘。女人一气之下,扯着儿子回娘家去了。二拐子三天后才晓得女人走了,也不去找,就一个人过。田里的活儿是不做的,终日夹一个破兜,兜里装一副麻将,手里练练地捏俩骰子,走着抛着,屁股一坐下来就没明儿没夜了。那一日刚败下阵来,就被一位本家叔叫住了:"拐子,你那麦地该锄了!"二拐子一愣,接口就说:"四叔,二亩麦不值啥,我把青苗押给你算了……"本家叔听了这话,胡子都气炸了:"鳖儿!你,你……毁了,毁了!"庄稼人卖青苗,就等于剜心头肉。老人再也不搭理他了。

村里人都觉得这个家是败了。却不料二拐子竟练了一手绝活儿,渐渐发起来了。赢了钱,吃喝用不说,还宽宽地盖了六间大瓦房。房子盖起,二拐子就接女人去了,女人在娘家过得很苦,看见他眼圈儿就红了,问:"改了么?"二拐子不吭,就说:"国栋他娘,回去吧。"女人又问:"改了么?"二拐子还是不吭,就说:"国栋他娘,回去吧。"女人哭了,女人默默地流着泪,不再理他。二拐子在屋里颠了一圈儿,说:"……我见见国栋。"女人说:"丢儿不见你,丢儿没你这个爹!"二拐子很想儿子,四下瞅瞅,见儿子不在,问:"啥时能见?"女人狠狠心,很坚决地说:"改了见。"二拐子再不吭了,就从兜里掏出一叠钱放下,荡荡地出门去。女人从屋里赶出来,把钱给他扔出去。二拐子也不捡,就夹着那个破兜又走了。任女人追着屁股骂。

依旧是一个人独过，夜夜鏖战……

去年腊月，工商税务联合大检查的时候，县里派了一个检查组到画匠王来了，主查篷布厂的账。大凡乡镇企业都有两本账，这是明的，也是暗的，多多少少都有些毛病，不敢细究。篷布厂这些年已把各级工商税务部门的主管人"喂"熟了，不料这次却换了人。厂长生怕查出事儿来，很慌。人已来了，明着送礼是不敢的。厂长急中生智，就想到了二拐子。于是派人把二拐子请来，说："拐哥，请你帮个忙？"二拐子眼斜斜地说："啥事儿？"厂长说："检查组来人查账，想请你陪他们摸两圈儿。"二拐子笑了："小菜一碟。"厂长压低声音说："拐哥，咱村篷布厂能不能保住就看你了！我知道你能赢，可不知你会输不会……"二拐子一听就明白了，明着送礼不敢，打麻将输钱，这叫暗送。二拐子不动声色地问："多少？"

厂长把装钱的提兜往他怀里一扔："这个数儿。"

当天晚上，二拐子就陪检查组的人玩麻将。二拐子一坐到牌桌上两眼就放光。玩得十分认真。二拐子出牌很刁，客人们就赢得分外"艰难"……玩到天亮的时候，二拐子说："罢了。"说完，站起就走。客人们余兴未尽，各自回去偷偷地数了钱，竟然都赢了三百块！第二天傍晚，检查大员们早早地就说："叫二拐子，玩玩。"于是就玩玩。一连三个晚上，检查组的人玩得十分痛快，把查账的劲头全转移到玩牌上了。查账么，也就走了走过场……

送走了检查组的人，厂长很感激地说："拐哥，中，活儿干得漂亮！"

隔了两天，厂长亲自给二拐子送来了大红聘书，执意要聘他做篷布厂的业务员。二拐子笑了："我能做尿啥？要嘴没嘴，要腿没腿……"厂长说："用你一技之长！拐哥，生产上的事不让你费心。上头来了人，你陪陪就是了。"就用了他的"一技之长"。

从此，二拐子就成了篷布厂的业务员。每逢上头来了人，就让二拐子陪他们"玩玩"。人分等级，"玩"也分等级。二拐子很会"玩"，"玩"得上上下下都很满意，也就替篷布厂做了不少的事情。有时候也派二拐子到外边去"玩"。二拐子出门很随便，就夹一个破兜，兜里装一副麻将，竟然吃遍天下。篷布厂新买的面包车就是二拐子玩着玩着弄出来的……渐渐，二拐子就"玩"出影响来了。四乡里都知道篷布厂有个响当当的业务员，很能做。

乡政府出资办了几个工厂，总是很不景气。常常不是缺原料，就是货销不出去。乡里就时常派人来"借"二拐子，用他的"一技之长"。县乡镇企业局遇上了麻烦事，局长就说："派车，请二拐子来。"这时候的二拐子已经"玩"到了出神入化的境地，活儿做得十分漂亮。一百四十四张麻将牌就像在眼里放着，两个骰子掷得溜溜转，要几点儿有几点儿，输赢是尽在心中的。出门时"行头"也变了，一身西装穿着，夹一黑皮包，皮包里自然还是一副麻将。还印了中英文的名片在兜里，上边赫然地印了一串头衔……

二拐子贡献大，厂长（也就是村长）十分器重，就想奖励他。二拐子说："别奖，我有钱。爷儿们，能不能叫我见见国栋……"厂长愣了，好半天才想起国栋是他娃儿。就知道二拐子是想女人了。厂长一拍腿说："拐哥，放心吧。村里出面，给你接回来。"于是，村长就带了很重的礼物去给二拐子接女人。到了女人的娘家，女人还是那句话："改了么？"村长说："嗨，早改了。现今是咱篷布厂的业务员，能干哩！县上领导都夸他……"这么三说两说，就把女人孩子接回来了。

女人回到家，见了二拐子就喜喜地问："你学会做生意了？"二拐子随口说："跟着跑（麻将术语）嘛。"女人又问："你腿不好，能联系业务？"二拐子说："门前清（麻将术语）。"女人关切地问："生意咋样？""发财（麻将术语）。"女人看了院里屋里，又问地里的庄稼："今年麦打了多少？""一万（麻将术语）。"女人愣了，疑他是吹牛。又说："吃啥饭？""烧饼（麻将术语）。"……往下，女人越听越不对味，就怯怯地问："你……不是改了么？"二拐子不吭了。

女人性硬，一气之下，扯着孩子就走。二拐子在后边追着屁股喊："国栋，国栋，你看爹给你买哩啥？……"孩子说："俺娘说，你要不改，金山银山俺都不稀罕。"

后来，乡里也派干部去动员二拐子女人回来，说了很多的好话。女人就这一句话："改了么？"

二拐子只好独过。

春三月，二拐子被县乡镇企业局借出去"玩"业务，一连陪人玩了三夜，竟突发脑溢血，死在了牌桌上。临死时，二拐子嘴里还念着两个字：

"白板（麻将术语）。"

二拐子死后，村里为他开了很隆重的追悼会。乡里县上都送了花圈。挽联上赫然地写着：

以身殉职
鞠躬尽瘁

二拐子女人却以为耻，她虽然也让孩子为他爹上了坟，烧了纸，却把孩子的姓改了，随母，叫杨国栋。杨国栋八岁了，上小学二年级，很用功。

### 菜园风波

菜园不大，七八亩的样子，是上水好地。每户人家也就分得一分二分，各种各的。乡下人吃菜不讲究，种什么就吃什么。种多吃多，种少吃少。平日里，你薅我一棵葱，我拿你两棵韭，没人计较。菜多时也分些给众人，全个情面。但终究是分了，日久情薄，渐渐就生出些嫌隙，由嫌隙而口角，于是各家都扎了篱笆，你一片我一片把菜地隔起来。

篱笆是挡不住人的，却挡出了很多的怨恨。这年四月的一天，老笨家菜地里的葱被人薅了一沟儿。他家总共才种了两沟葱，葱长势很好，本指望细水长流地吃下去，却被人薅去了整整一沟儿！老笨家女人就在村街里骂，两手拍着屁股，一蹦一蹦的。骂了半日，没人应，也就不骂了。

二天，海子家菜地里的芫荽也被人薅了，薅得很残酷，一棵不留！海子家女人是个难惹的主儿，辣货。她敲着洗脸盆在村里骂！从村东到村西，骂得响亮而又热烈，把坟地里的先人都抬出来了……引逗得一村娃儿跟着看。可她骂着骂着也不骂了。

三天，旺家菜地里的油菜又被人薅了。这主儿更狠，是用铲子铲的，一溜儿一溜儿地铲……旺家女人柔弱，老实，不会骂。不会骂也学着骂，天上一句地上一句，头上一句脚上一句……慢慢也不骂了。

此后，各家的菜都有被人薅的，很随意很无赖地薅，薅得匆忙而又散乱，整块菜地像被猪啃了啃似的，薅出了"去你×的！"意思。一时，大家都互相防着，一个个脸绿得紧。

于是，各家都出去卖菜，悄悄地。有到东乡，有去西乡，也有到镇上、城里去的。那菜的品种都很散乱，一把葱一把韭一把芫荽一把蒜……卖得自然便宜些。

于是，各家都派人到菜园里来看菜。你家搭一个庵，他家搭一个棚，还有的把床抬到地里，用塑料布扎一个顶……各家的人手有限，有的是男人来看，有的是女人来看，有的是小伙，有的是闺女，一入夜就扛着被子来了，菜地里显得很热闹。夜里，隔着一层篱笆，你尿了，他也尿；这边哗啦啦，那边哗啦啦；你咳嗽了，他也咳嗽；东边"咳咳"，西边也"吭吭"，平添了许多野趣。睡不着的时候，就互相串，你到我篱笆里坐坐，我到你的篱笆里坐坐，心里防着，面上还是笑的。夜静时，只要听到脚步声，就探出头来齐声问："谁?!"

应声也很响亮："我！"

"咋?!"

"尿！"

于是又一片笑声。

天已是不冷了，也不太热。在家里憋久了，来菜地里睡，屋宇显得十分阔气。空气自然鲜，月色朦朦胧胧的，远处颍河的水琴儿一般细淌，地下的虫们私语喃喃，拨人想些非分的事体，便有些滋滋润润的念头生出来。一家一户的日子，本就有着许多愁绪，许多的不美满，心憋久了，放出来就是野马。一天半夜，迷迷糊糊地，海子摸到旺家女人看菜的草庵里去了。

旺家女人正拧着细柔身量在月色里翻煎饼，突有野黑一条压下来，初时还挣扎了一阵，又怕人听见，也就半推半就了，做那肉肉贴肉肉的事情，竟然很入港。九香家的大娃保柱夜里睡不着，跑到老笨家看菜的闺女顺妞那里编闲话，先是低声说笑，渐渐就有了不规矩。你抓我一把，我抓你一把，抓着抓着，保柱就捉住了顺妞的手。顺妞慌慌地说："你……我喊了。"保柱松了手，看了顺妞，继而又捉住，手里湿湿的，握得更紧，顺妞说："我喊了，我喊了，我喊了我喊了我……"终也没喊。

渐渐有风声传出来了，旺家两口子打了一架；海子家两口子也打了一架；海子家女人又堵住旺家女人骂，两个女人撕撕扯扯地到村长家评理，村长各打五十大板，狠狠地把她（他）们日骂一顿了事。九香家也跟老笨家骂翻了天，从偷菜骂到偷人，一说妞儿匪气勾人，一说娃儿流氓成性，闹成了一锅粥！继而各家都生了疑惑，男人关上门审女人，女人开着门审男人，越审疑心越大。整个村子像火药桶似的，天天有人干架！究竟为着什么呢，那又是说不清的。于是又换人去菜园里看菜。换了男人的，就有女人去盯梢儿；换了女人的，就有男人去暗查。一时，人都像疯了一样，生出了许多事端……

接着，事情越闹越大了。先是顺妞跟保柱趁人不防双双私奔了。海子呢，大天白日里竟又跟旺家女人在北沟里干事。就有人捎话给旺。旺一气之下掂了粪叉去找海子拼命。旺在前边跑，一村人在后边跟，嗷嗷叫着看热闹。等黑压压的人群跑进北沟儿，海子已带着旺家女人逃走了。旺气昏了头，半夜里跑到海子家，要干海子女人。海子女人性烈，自然不让，撕扯中又扎了旺一剪子！旺呢，觉得太亏，就跑到县法院告了海子一状……

月余，公安局的人先是抓了海子，后又抓了旺家女人，说是重婚罪，没过多久，竟又把旺也抓走了，说是强奸未遂……

都是不服的。海子、旺们觉得亏。人们也觉得亏。只怨菜被人薅了。

# 红炕席

一

　　五哥是二十七年前走向河坡的，在日末的黄昏。

　　二十七年前，五哥沐着秋风秋光秋的气味大步向河坡走去。那年他刚刚十八岁，阳气最旺的时候，他却到河坡里去了，怀里揣着一把磨亮了的旧剃刀。

　　在那个滚动着橘红色落日的黄昏，五哥昂昂地走在印有一串串牛蹄印痕的乡间土路上，那咚咚的脚步声载着无边的生气和四溢的青春之阳走向天边那红烧的日头。五哥就这样去了。

　　河坡里有一个极大的苇荡。秋的落日在天边燃烧着，夕烧的红云点亮了一荡芦苇，白白的芦花在秋风中摇着柔红飘动的霞血，红彤彤的苇荡在夕霞的燃烧中迸射出点点耀眼的碎金。天光倏尔亮了，倏尔又暗，那残红终是不褪的，于是一团火球就在红燃的芦花上沉沉浮耀。这当儿,淡燃的霞血中晃出一队割草的娃儿,一个个像烧红的铁蛋儿,摇摇地背着草筐走来,那日月的沉重镶在娃儿的脸上,一片乏极的静。娃儿们眼见着五哥走进苇地里去了,茂密的苇丛一下子就把五哥遮住了。娃儿们诧异地望着苇荡,便有了哗哗啦啦的响声,那是五哥在撒尿。五哥站在苇丛里,松开掖着的大裆裤,亮出硕大的"阳物",腥腥地撒出了一泡热尿。他挺胸而立,对着大地,对着蓝天,对着夕烧的红云,对着白茸茸的芦花痛痛快快尽情尽致地撒出了一泡阳壮的热尿!娃儿们笑了,于是齐齐撂下草筐,捧出"小鸡鸡儿",对着乡村土路像洒水似的射出满天雨花。红烧西沉,远处的村庄里飘着一缕缕炊烟,娃儿们终还是去了。五哥依旧在苇丛中立着,天边的一抹橘红渐渐淡了,风摇着芦苇"沙沙",不知名的虫儿在苇丛深处"嗞嗞"叫,"吱吱鸟"像箭一般射向天空的极高处,然后又一头栽下来,跌进茂密的苇荡。于是五哥闭上了眼睛。

一声凄厉而又阳壮的"嗷"声冲出苇荡,冲出黄昏,飞向遥远的燃烧着残红的天际!摇摇走在乡村土路上的割草娃儿惊了,纷纷回头,去寻那暮色中摇曳的苇荡,便见一个漂亮的血红的弧线落入茫茫芦苇中。那是极亮的一刺,溅射出千万点鲜艳的五彩缤纷的碎红。没有了,什么也没有了,天静静,地也静静,最后一抹淡淡晕红消去了,遥遥苇荡化进了一片灰暗……

于是，一个灿烂的白日消失了，一个暗淡的黑夜降临了。乡村寂静的土路上响着一串单调、孤寂的脚步，极缓。

许久之后，人们才晓得五哥做下了那件事情。

## 二

五哥是个倔种。

五哥生下来时极小，小得像猫儿一样。五婶说，看是很难恩养活的。那时，五婶下地的时候，就把小得像猫儿样的五哥塞进一张破桌的一只小抽屉里（生怕小得可怜的五哥被大老鼠啃了），在抽屉里垫上一层软软的旧棉絮，然后合上抽屉，给幼小的五哥一个狭小的黑暗的安全的世界。直到五婶从地里回来时，那抽屉才会打开。五哥生下来就遇到了一个封闭的黑暗的世界，五哥在抽屉里的生存日月是靠他那响亮的让半个村庄都不安生的哭声宣告结束的。那昂扬的暴烈的哭声锐利地钉在村庄的上空，像号角一样传得极远。此后，五婶只好抱五哥下地了。

倔种！这话是五婶说的。好多年之后，五婶还一次又一次地给人们讲五哥的"抽屉日月"，那时的五哥是多么小哇。

可五哥还是一天天大了。大了的五哥日见清秀，眉眼儿日见鲜活,童年的五哥像清修的小童子一样逗人喜欢,却还是倔种一个。没人见五哥笑过,话是极少,偶尔说上一句也是很噎人的。然而,五哥眼里的"话"却极多极多,那幼小的脑袋里定然是存下了不少的怪邪的念头,只是不说。多年之后,当村里的女人私下里说悄悄话的时候,年过半百的三婶还说,五哥七岁时,她就不敢看他,那双"娃娃眼",太邪!

五哥也是上过几天学的,在学堂里是个挺规矩的好学生。有一次,放学的路上,赶牲口的杠爷在半道上截住他问:"景娃,上学了?"五哥不吭,翻眼看着杠爷。杠爷笑嘻嘻地说:"上学娃儿,来来,我考考你。"五哥依旧不吭,只用脚去蹭地上的土。杠爷又笑嘻嘻地说:"鳖儿,我问你:你爹和你妈谁在上,谁在下?"说完,杠爷便笑着赶牲口去了。五哥却呆住了,一个小小的人儿站在路边直到天黑,那小脑瓜里的思绪定然是繁纷而热烈的。多倔的娃呀,三天后,半夜时分,一个小小的影儿滑进了杠爷的破院,他轻声地贴着窗台叫道:"杠爷,杠爷。"屋里一阵咳嗽,杠爷瓮声瓮气地问:"谁?"一个童音舒舒地回道:"我。"杠爷披着老袄开了屋门,月光下,他看到了两束极亮的燃烧着的绿色火苗儿!那小小影儿动了一下,极其认真地说:"杠爷,爹在上,娘在下。"杠爷怔怔地望着五哥,又瞅瞅月白星稀的夜空,结结巴巴地问:"就、就、就这话?!""就这话。"五哥静静地说。说完,人便跑去了。杠爷愣过神来,哈哈大笑,笑得裤带都松了。笑完,骂道:"日娘,真是个倔种！"

五叔死的时候，五哥就不再上学了。家里太穷，五叔死时是用苇席裹的，那日月的艰难自然是不消多说。然而五哥还是长成了。吃红薯面窝头喝稀汤糊糊长大的五哥，借天之精华地之孕育，在大李庄村的土窝窝里滚成了一个最俊气最阳壮的小伙。依旧跟爹一样穿破旧的老袄、胡尿掖大裆裤、硬帮粗底的旱船鞋，但那饱溢着生命活力的阳气却是怎么也掩不住的。那个头高粱秆子似的，虎壮壮的身板时刻让人感到遍体热血的流动。那剃光了的圆圆的脑袋，亮灯似的一双大眼，高高直直的鼻梁，到处都溢着红润润的亮光。那肤色黑黑儿腻腻儿红红儿，仿佛是太阳、春风、雨露搅拌而成的。当五哥站在村庄或田野里的时候，那无边的原始的生命力量便从身体的各个部分涨出来，叫人不由想，这娃儿是吃风屙沫长大的么？不然，大李庄村怎么会生出这样出亮的娃儿。

## 三

大李庄村是出好苇席的地方。有一个极大的苇荡，那一丛一丛的芦苇仿佛是一生一世也用不完的。只是早些年男人是不编席的，编席是女人的营生。编了，也仅是自己用，不卖。五哥那时候还不会编席，就终日跟汉子们下地干活。乡村的白日寡味而又漫长，那是苦作的时候，一日日驴样地在地里拽，又总是吃不饱。看老日头缓缓升起，又缓缓落下。那无尽的黄土路在一声声沉重的叹息中灰暗下去，继而又是一个一模一样的白日。村庄呢，像死了一样的静，那旧了的被雨水浸得污浊不堪的房舍也让人心灰。牛儿偶尔叫一声，单调而悠长。汉子们又是一张张读熟了的脸，见了面也总是一样的话语："吃了么？""吃了。""喝了么？""喝了。"这时的五哥有什么非分的遐想么，那是不晓得的。上地了，又回村了，一样地走，目不斜视。春种秋收，庄稼一年一度地绿，那孕育是极缓慢的，满眼都是绿色的泛滥。那无边的绿色在汗水中在一声声粗喘中把人掩了。话是没有的，五哥常常发狠地去锛地，把阳壮和气力埋进土地，随日月老磨一样地缓缓转，熬那无尽的天光。

夜里，常见五哥到牲口屋去，总是在暗影里站着，默默地听汉子们编闲话或说一些下流的酸故事。五哥听着听着，两手便伸到裤裆里去了。以后五哥总是站在暗处，两手呢，习惯地很无趣地伸在掖着的大裤裆里。即使是听那些馋人的酸事时，五哥的神情依然是淡漠的，他两眼望着那头慢慢地倒沫的老牛，嗅着牛粪马尿那热烘烘的臭味，静然地入定一般地立着，好像并不在乎汉子们说的那些事体。人散了，他也散了。而那阳壮有力的脚步声从东到西地响过去，划着闷极了也静极了的村夜。是呀，那一个一个难熬的黑锅一样的夜，又能叫人做些什么呢？有时候，五哥会一个人在场边在树下或是墙后的暗处站着，黑黑亮亮的一个人影儿，自然是两手伸在裤裆里，就那么立着，很久很久。人撞见了，五哥便缓缓地走去，而后，又是一个人在夜的暗处站着……

夏天的傍晚，一群割草娃儿下河洗澡时撞见了五哥。刚刚脱了衣裳的五哥在河边上站着，亮着一身阳壮的火辣辣的肉。夕阳照在五哥那亮缎子一般的身量上，那红彤彤的肉体就像着了火一样。于是，娃儿们发现，五哥那很大很大的"鸡鸡儿"是在大腿处绑着的。当娃儿们在河里扑腾了一阵子，又勾回头时，五哥不见了。

此后，五哥便做下了那件事情。

可是，为什么呢？五哥。

## 四

五哥沉默了。

在漫长的二十七年中，五哥的秘密是无法破译的。

二十七年来，大李庄村最精明最优秀的人物曾费心劳神地猜测破译，产生了许许多多村一级的"假说"。然而，结果是让人失望的。

经过了那么一个血色的黄昏之后，五哥脸上那润润的红光、灼人的阳气奇迹般地消失了。整个人看上去黄黄的，萎萎的，土一样的颜色。他一连在床上躺了十多天，无论娘怎样地哭泣，怎样地求他，他还是一句话都不说。此后是永远的沉默。

不晓得五哥是什么时候学会编席的，只记得他整日趴在地上编哪、编哪，名声渐渐就传出去了。在大李庄村，五哥编出的好苇席是堪称一绝的。经五哥手破出来的苇篾匀、净、直，一条条都像是墨线绷出来的。经五哥手编出的苇席更是格外地出亮，那席软得像芦花一样，一领领都是"艺术"。五哥不但能在一张苇席上编出几十种图案，还能编出各样的花儿鸟儿虫儿。至于编出"吉祥如意"、"岁岁有余"、"万寿无疆"各类字样那是更不用说的。五哥编席时极专注，整个人就像是化进席里去了。从早到晚，他就那么趴在地上编，连头也不抬。五哥把自己织进席里去了，把那无尽的悠悠日月也一条条地编进席里去了。五哥哑了，话是没有的。不到农忙的时候，他也极少出门，只有站在石碡上碾篾儿的时候他才直直腰。五哥编的最好的自然还是那织有大红"囍"字的红炕席。编这种苇席是极费心力的，一张苇席上要编出三十六种图案，还要编上四只口噙大红"囍"字的鸟儿。编这样的席需要三天时间，这是五哥独有的绝活儿。编这样的席太费气力，开始时五哥是为亲戚们编，那是不收钱的。后来，名声传出去了，四乡的人凡要娶亲，定要在五哥这里订上一张红炕席。谁家结婚，婚床上如果能铺上一张五哥编的红炕席，那是很荣耀的。五哥给人编席从来不讲价钱，那都是娘的事。五婶与人论价，五哥呢，只管一门心思编席。连村里那些最秀气手儿最巧的女人，看了五哥编的席，也就叹口气，去了。

后来，地分了，政策活了，乡下人渐渐有钱了，娶亲的自然就多了。这时，五哥编的红炕席就特别抢手。往往一个月前订货，到月底还不一定能弄到一领。五哥的名声越来越大了，大李庄村沾了五哥的光，成了全县有名的出产苇席的集散地，那苇荡突然就成了全村人的聚宝盆。家家编席，钱是极容易挣的。

村子日见鲜亮了。天光呢，也变得热燥起来。不知哪家闺女大胆地穿出了连衣裙，继而村街里便花花绿绿鲜人的眼。那漫漫的乡间土路像"化"了似的，喧着半寸厚的扑腾土。常有汽车、拖拉机载了订购苇席的生意人到村里来，喇叭一声声焦人的心。城里那些卖衣服的小伙也骑着摩托一趟一趟地往这里赶，把那五颜六色的花衣服亮出来，高挂着在村街里卖。那高高挑在竹竿上的丝袜、乳罩像"洋女人"一样在村街里飞来飞去。接着村东河生家的面粉厂办起来了，那轰隆轰隆的机器声一天到晚像轰炸机似的响个不停；而村西牛子家的带子锯更是"咻啦啦"地锯人的心。电灯装上了，连乡村的夜也花人的眼。空气里到处飘荡着抹了雪花膏的女人的气味；老牛那悠远的呼唤也变得急躁骚情。而那娶亲的唢呐更是响了又响,鞭炮声此起彼伏,村街里弥漫着浓浓的火药味。据说,五哥家是最早成为万元户的,可他依旧终日蹲在地上编席,即使那喜庆的"拜天地"的喊声响在耳畔,他也是绝不抬头的。五哥对这一切都视而不见。农忙时,五哥照样要下地干活,走在田间的土路上,五哥可曾闻到什么了么?不晓得。可五哥的脸是平静的,冷漠的。两眼就像是枯了的湖,很灰。没有人能看清那里边究竟写着什么。淡淡地去了,又淡淡地回了,那躁人的热烈的时光竟引不起五哥的一点点注意。五哥难道不是人了么?可那一切又仿佛在心里隐着,只是看不透罢了。

五婶点钱时,心是喜的。那手儿哆哆地动着,几乎把屋子里每一个能藏钱的墙洞都塞满了。可每每看见那"木"在席片上的五哥,却又常常暗自落泪。她又能说什么呢?

## 五

又是秋了,一个腻热的让人烦乱不安的秋。在这个秋天里,村里出了一连串让人惶惑的事情。于是,五哥那二十七年前的隐秘又被人重新提起。

那事情是很怪的。

先是三叔家的后生桂元，一个人高马大的小伙，在娶亲的第二天，新婚的小媳妇就提出离婚。那小媳妇拽着刚睡了一夜的汉子，两眼瞪得圆圆，无论是在村街里，还是在乡政府的大院里，她都毫不避讳地高嚷桂元"不是人"，而那五尺高的青皮汉子桂元却是一声不吭。为什么呢？又怎样的"不是人"呢？那自然没有明说。

继而，嫁到村里二十多年的六婶突然地失踪了。六婶人漂亮些，可已是年近四十的人了，家里好好的，两个孩子也已经大了，为什么会突然出走呢？那又是说不清楚的。六叔邀全村的汉子找了三天，仍是不见踪影。六婶就这么去了。

紧接着，那些高高兴兴嫁到大李庄村的媳妇一个个都泼起来，无端地跟男人打架，站在村街里跳脚骂大李庄的男人"不是人"！男人呢，又一个个像哑了似的委顿。

风气坏了。村里的姑娘有悄悄跟人私奔的。那些骑摩托卖衣服的城里小伙、走村串乡的木匠更是欢欢地一趟一趟地往村里跑，跟村里的女人眉来眼去，常有占了"便宜"的。也有小媳妇打扮得漂漂亮亮地出村去了，而回家来狂躁了，就像男人们欠她们很多很多似的。有一位恨极了的小媳妇竟然在夜里放了一把火，把自家的麦秸垛烧了！那是因为男人不离婚……

村子里弥漫着男人的惶惑和越来越浓烈的女人味。而后，终于觉出一点什么来了。

红炕席。

这些年村里办喜事的不少，自然家家都订了五哥的红炕席。秋天是天作之合性欲泛滥的季节。然而，每当夜来时，只要一躺在那凉凉软软的红炕席上，男人身上的阳力便神奇般地消失了。无论女人怎样地温存，男人那生命的烈焰却始终燃烧不起来……

怎么会呢？那不过是一张席，一张五哥经心编制的炕席。五哥辛辛苦苦地破篾，碾篾，然后用心血用智慧用灵魂一条条编制而成的十分精美的有着日月星辰、花鸟虫儿的红炕席，怎么会给村人带来祸害呢?!

说起来该是没人信的，可村里人都信。正是红炕席使汉子们失去了生命之阳。

旧事重提了。二十七年前，在那么一个血色的黄昏，阳壮无比的五哥走下河坡，在秋的霞辉中在红彤彤的苇荡里用一把旧剃刀割去了他那硕大的"阳物"！五哥果决地闭上两眼，挺身而立，扬起那把磨亮的旧剃刀一挥而就，抛出了一条血红的弧线，抛去了自己的生命之阳。而后五哥跟跄奔去，一路洒下了鲜红的火热的很腥很浓的血花。点点鲜血洒进苇丛，那血气就扑了苇荡……按说，这样的事是没人知道的，可村里人都知道。

自此，五哥编的席没有销路了。娶亲的人家再也不找五哥订红炕席了。原来订过的，也纷纷找上门来退货。红炕席一下子成了耻辱的象征。睡过红炕席的汉子，竟然把五哥精心编制的堪称"艺术"的红炕席扔在村路上用火焚烧，以此来召唤那失去的阳力……

　　人们对五哥的鄙视和愤恨从那冷冷的目光里是可以看出来的。然而，五哥却一切都不明白。他只知道编，不停地编，把整个心思都用到编席上了。当五哥编制的红炕席越存越多时，五婶终于说话了。五婶叹口气说：

　　"……别编了。"

　　五哥愣愣地抬起头来，他不知道娘说的什么。

　　五婶又说："别编了。"

　　"咋？"

　　"不咋。歇歇吧。"娘掉泪了。

　　五哥望着那一摞一摞的红炕席，终于明白了。五哥的目光从娘的头上望出去，望着悠悠的蓝天，长长的村街，望着远处那粉红的一闪，而后又是沉默。五哥慢慢地从地上站起来，最后又望了望那编了一半的炕席……

　　二十七年了，五哥一生中最美好的时光都用在了编席上。那么，五哥是为了什么呢？


## 六

　　在一个漆黑的飘荡着雪花膏气味的夜晚，五哥悄悄地扛着苇席到场里去了。他一共扛了三趟，把所存的红炕席全都扛到了自家的麦秸垛前，然后一张张地铺在麦秸垛上。接着，五哥就爬上麦秸垛，静静地在苇席上坐下来。

风凉凉的，暗夜中弥漫着很浓的女人的气味，不知名儿的虫儿在热烈欢快地叫着，远处的萤火时暗时灭，跳跃闪烁着绿色的火苗儿。五哥在铺了红炕席的麦秸垛上坐了很久很久，当沉默与那无边的夜色融为一体的时候，五哥从兜里掏出了一盒火柴。当第一根火柴擦亮时，小小的火光映出了五哥那绿得可怕的脸，那脸上清楚地写着二十七年来的痛苦和熬煎。五哥就这么一根根地把火柴擦着，又一根根地把燃着的火柴甩到麦秸垛上……

五哥哭了。

二十七年哪，漫长的二十七年，五哥从未向任何人诉说过心中的痛苦。可现在他哭了。

半夜时分，麦场上烧起了熊熊的大火，大火映红了半个夜空，照亮了一个黑暗的世界。五哥端端正正地坐在火海里，火光映红了五哥的脸膛，映出了一个扭曲的魂灵。五哥笑了，火光中的五哥又恢复了昔日的阳壮，恢复了生命之红润。在熊熊大火的燃烧中，五哥第一次获得了人生的快乐……

当村人们担了水桶匆匆赶来时，已是太晚太晚了。只见燃烧的余烬像黑蝴蝶一般一片片向人们飞来，夜空中到处是黑色的飞灰，黑色的曼舞的精灵……

那是五哥的魂灵么?

赶来的村人全都呆住了。

天亮之前,七叔家的媳妇生了,生了一个男娃,亮着粉红的"小鸡鸡儿"。这娃儿阳气足足的,哭声十分响亮,号角一般地啼着大李庄村的黎明。

人说,那是五哥投生的。

黑蜻蜓

一

没有人记得那个小脏孩了。

三十二年前,小脏孩跟在二姐的屁股后边,一步一步向田野走去。那是八月的黄昏,秋阳浸染在西天的霞彩中,"叫吱吱"点墨一样在天边舞着,穿枣花布衫的乡下二姐大人似的前边走,细细的身量拖着长长的影儿,影儿是斜的,荡着一窝一窝的热土。小脏孩走在斜斜的影子里,晃晃的像个跟屁虫。

走在乡村的土路上,夕阳中的绿色显得很遥远,很灿烂,一片一片地透着浓重。不断有村人从浓重处钻出来,喝着老牛,扛着锄头,背着沉甸甸的草筐仄上黄黄的村路。遇上了,还有村人野野地喊:"妮,谁?!"二姐大人样地说:"城里俺姑家的……"而后仄回头,闪一眼给小脏孩:"叫舅哩。"小脏孩羞羞地低下头，扭扭地蹭着脚下的暄土，不吭。二姐又大人样地说："认生。"村人疑惑地望着小脏孩，上下打量了，说："不像城里人……"

那时，小脏孩就是一个小要饭的。他赤肚肚儿穿一条小裤头，很黑，很瘦，一身肋巴骨，还拖着长长的鼻涕。他八岁了，在城里上小学一年级，饿得不像城里人。他来乡下就是为了糊一糊总也填不饱的肚子。

那会儿，乡下正吃大食堂呢，家里连口铁锅都没有，日子也紧巴。二姐看他来了，就说："上地吧，上地。"

就这样，二姐把他领到田野里去了。在夕烧的霞辉里，扁着脚走过青青的豆地，走过蔓蔓的红薯地，钻进了茂密的玉米田。天光渐渐暗了，那绿更显得浓，眼前是绿，身后是绿，一重一重的绿，绿里弥漫着一股甜腻腻的腥气，浓得叫人透不过气来。钻着钻着，小脏孩就蒙了。他怯怯地说："姐，我头晕。"二姐的细腿磕打着玉米叶。"唰唰"地往前走，走得很快。小脏孩拽住了姐的衣裳，无力地重复说："姐，我头晕。"二姐扭过脸来，诧异地望着小脏孩。小脏孩身子晃晃的，眼里泛着豆绿色的死光，喃喃地说："晕，我头晕。"姐望着他，一忽儿，慌慌地说："你坐下，坐下吧。"小脏孩软软地坐下了，身子斜靠在玉米棵儿上。二姐独自一人去了。片刻，她又匆匆回来，说："你别动，你可别动。"小脏孩就不动。他的屁股硌在一条埂上，硌得很不舒服，却仍旧不敢动，只慢慢地往下出溜,出溜着出溜着就躺下了,傻睁着一双豆绿色的眼睛。

二姐走了,先是还能听到"沙啦、沙啦"的响声,继而就什么也没有了,只有一片死静。透过玉米叶的小缝儿,能看到西天里那淡淡的红烧,红烧残燃着,点点碎去,一片一片地灰,就有恐惧慢慢游上来,一点一点地蜇人的心。而后就听到小虫的鸣叫,这儿一声,那儿一声,似很遥远,又仿佛很贴近,总也捉不住。身边有软软的东西爬过去,一摸,是豆虫,忙松了手大喊:"姐,姐……"终于,远远地有了响动,小脏孩忙仄头去看,却没有人。小脏孩哭了,泪水洒在湿热的玉米田里。

暮野四合,天灰下来了,风呜呜地响着,周围像有千军万马在动。二姐已去了很久,老不见回来。小脏孩心里害怕,很想动动,却又不敢动。他顺着田垄往前爬了一段,又赶忙爬回来,坐回印着两小半屁股的土窝里。多年后,他仍然记着那印着两瓣小屁股的土窝。他坐在温热的土窝里不敢动,却狠命地骂二姐,一遍一遍地骂,用世界上最恶毒的语言诅咒她!就那么咒着咒着,忽然,一个沉重的布袋倒在他的身旁,接着又是"吭"的一声,撂在地上的是一把小铲。

二姐回来了。

二姐突兀地出现在他的面前,一身汗湿,鼻孔里呼呼地喘着粗气,两只小辫岁岁地披散开去,像个小疯子似的。他狠狠地剜了二姐一眼,转过头去赌气。二姐说:"你饿了吧?"他的确饿了，饿得想吃人，可他不吭。二姐蹲下身，随手拿过小铲，很快在地上挖了个土窖，那土窖四四方方的，分上下两层，还留出一个出烟的小道儿。而后她从身边拖出一小捆柴草，又摸摸索索地掏出一盒火柴，接着，一块块红薯、嫩玉米从她身后的袋子里跳出来，又被一个个摆在火窖里，四周偎上土……小脏孩呆呆地望着二姐。他不知柴草是从哪儿捡来的，也不知那些馋人的红薯、嫩玉米又是怎样扒来的，更料不到二姐竟还带着火柴。只见二姐的手在动，很神奇很灵巧地动，一切就像在梦中。他不再恨二姐了。

夜完全黑下来了。风从玉米田上空刮过去，大地便有些许摇动，在摇动中玉米缨缨上那粉色的长须晃着点点丝丝的银白，看上去就像老人的胡须。再看就像是很多很多银须飘逸的老人站在周围，默默地述说着什么，叫人心悸。渐渐，土窖里的火燃起来了。冒着黑烟的土窖里飘出一朵朵蓝色的小火苗儿，火苗儿蹿动着，送出一缕缕暖意，也送出一丝丝诱人的熟香……二姐的手像黑蝴蝶似的在火苗儿中闪动着，一会儿翻翻这块儿，一会儿又捏捏那块儿，嘴里"哒哒"地吹着，总说："不熟呢，还不熟呢。"说了，就又去捏，捏着捏着就翻出一块儿来，说："吃吧。"小脏孩接过来就狼吞虎咽地吃，真香啊！二姐就看着他吃，吃了一块，又递一块……二姐盘膝坐在窖火边，脸儿被窖火映得红扑扑的，两眼亮亮地怔着，手却不停地在火窖上跳动，直到窖里空了，她才说："还饿么？"小脏孩不吭，直望那火窖，盼着还能翻出一块来。于是二姐笑了，把窖里的灰扒出来，摆上柴草、红薯、嫩玉米，再烧……

第二窖又吃完了。二姐望着他说："小猪，真是个小猪！饱了么？"他拍拍圆圆的肚儿，不好意思地笑了。二姐站起身，用脚把土窖封上，又用力踩了踩，直到火星儿熄了，才说："走吧。"二姐拽着他在墨海一样的田野里窜动，一会儿东，一会儿西；一会儿她停住了，只听得周围一片"哗啦、哗啦"的响动……一会儿她又不见了，像是化进了无边的黑夜，化进了叶叶蔓蔓的庄稼地。四周只有风声虫鸣，茫然四顾，叫人胆战心惊。倏尔，她又不知从哪儿冒了出来，精灵似的伸出一只手，拽着他又走。他就像瞎子一样跟着二姐走。当他跌跌撞撞地来到地头的时候，二姐手里的小布袋又满了。里边鼓鼓囊囊地装满了红薯和嫩玉米。二姐擦一把脸上的汗，喘喘地说："带回去，给家人带回去吧。"

夜很恐怖，远处有鬼火一闪一闪地晃着，周围总像有什么在动，黑黑的一条，"哧溜"就不见了。回城还有二十五里夜路要走，他怯。怯了又不说，就懦懦地站着，望二姐的脸。二姐说："我送你。走吧，我送你。"

二姐扛着小布袋头前走，小脏孩在后边紧紧相跟着，深一脚浅一脚，就像走在树林里。那一踏一踏的步子都踩在二姐的喘息上，那喘声叫人心定。二姐知道他怕，就说："你看你看，北斗星出来了，那是个勺子，记住那勺子就不会迷路了。"小脏孩抬头去看，夜很浓，天上碎着几颗钉子一样的星星。他不知哪颗是北斗，也找不到勺子，不过心里不那么慌了。走着走着，二姐又说："要是有人在后边拍你，你别回头，那是'皮大狐'，你不理它，它不害你。"过一会儿，二姐还说："要是遇上'鬼打墙'，你就朝地上吐唾沫，呸他！你呸他，他就放你走了。"那会儿，二姐的话仿佛来自天穹，既遥远又神秘，两双小脚丫的行进声一踏一踏的，碎那无边的夜。

过了黑集，就是官道了。站在大路沿上，二姐喘口气说："这就不用怕了。"可小脏孩还是不吭，他知道，前边还要过"八柏冢"呢！路边上有一个山样的坟丘，坟上有八棵参天古柏，柏树上有黑压压的"老鸹"……听姥姥说，这坟里埋着八位古人。又听姥姥说，坟上的柏树有几百年了，树上有精气。还说，有一天，一位贪财的乡人去砍坟上的柏树，斧子掉下来，却把自己的腿砍断了……白天路过时，他就很怕，夜里更怕。二姐看着他，说："我再送送。"于是，二姐又扛着布袋往前走。远远地望见那八棵黑森森的柏树了，小脏孩的身子抖了，二姐的身子也抖了，可二姐却拽住他的手说："别怕。胆儿是撑出来的，撑着，就不怕了。"

就这样，二姐一直把小脏孩送到城边上。待眼前灯火一片的时候，二姐说："兄弟，回去吧。"这时，小脏孩才突然发现，姐也还小呢，她才十二岁。她要独自一人去摸那吓人的夜路，要过"八柏冢"，过那一片一片的坟地……小脏孩嘴干了，喃喃地叫了一声："姐……"二姐默默地把小布袋放到他的肩头上。二姐已背了那么远了，现在把布袋交给了他，他立时感到了沉重。于是，在八岁那年他就知道了什么叫重负。那是二姐交给他的，他一生都背着……

多年后，那小脏孩当了作家，没人知道那小脏孩了。可他自己知道，是二姐带他走向田野的。

## 二

我的记忆犯了很严重的错误。我记不住二姐的面目。在很早很早的时候，就记不清二姐的面目了。二姐长得不丑，在记忆里，二姐的面相总是模糊的。每当想起二姐，脑海里就浮现出一片静静的乡野：那或是春日里雨后新湿的乡间土路，土路上印着小小脚丫和牛蹄的踏痕，踏痕一瓣一瓣地碎着，就像大地的图章，图章上刻着落日的余晖和割草的孩子摇摇的身影儿；那或是夏日正午的麦场，麦场上兀立着一座座高高的麦垛，场光光的，垛圆圆的，雀儿打着旋儿飞绕，啄那新熟的籽。烈日像火镜一般照在金灿灿的垛上，映出一顶顶草帽来，草帽有新的，也有旧的；那或是秋日霜后的柿树林，柿叶一片片飘落在地上，小风溜过，掀起一阵红染的"沙沙"，枝丫上的柿子红灯笼似的悬着，间或有"噗噗"一两声，就有熟透的柿子落在地上，血一样绽放；那或是冬日里漫向旷野的寒冷，大地默默地横躺着，瑟缩着扫荡后的疲惫，沟壑里，田埂上，却依然散着农人忙碌的痕迹：深深的脚窝，戳在地上的粪叉洞儿，弯弯曲曲的车辙……

然而，怎么就记不清二姐的面目呢？……

二姐是个聋子。

二姐一岁没爹，两岁没娘，三岁发高烧，就烧成了一个聋子。

二姐的爹，也就是小脏孩的舅舅，死得很蹊跷。他被人打死在离村七里的沟里，头上有一个鲜艳的红洞，那洞里竟填着一颗产地遥远的美国子弹。美国人到处支援，终于支援到了舅舅的头上，叫二姐没有了爹。对于舅舅的死，乡人有许多传说。有说是土匪图财害命，有说是狗咬狗，也有的说是勾奸夫杀本夫……反正二姐没有爹了。

二姐的爹一死，二姐的娘就主动要求改嫁。按姥姥的意思，想让她活活熬下去，把孩子拉扯大。可她执意要走。她还年轻呢，才二十来岁，长得鲜艳。虽然怀里抱着一个吃奶的亲生肉肉儿，她还是想过那有男人的日月。后来姥姥看拦不住了，就跪下来跟她讨价还价。姥姥说："进门来俺待你不薄，你要走俺也不拦你。这样行不行，孩子小，怕养不活，你再给孩子吃一年奶，到一年头上，俺套车送你。"二姐的娘不说话，把身子扭过去了。姥姥"扑通"往地上一跪,说:"半年,半年中不中?"二姐的娘还是不说话。姥姥再没说什么,默默地站起身,眼一闭,说:"你去吧,把孩子放下。"二姐的娘就收拾收拾去了。她走到门口,不知怎地心里一软,勾回头说:"我再给孩子吃口奶吧。"姥姥硬硬地说:"不用,你走吧。"

当天晚上,二姐就嚼起了姥姥的瞎奶,嚼着嚼着就哭起来了,烈哭。姥姥自然咒那黑心女人。二姐哭了一夜,她就陪着咒了一夜。二姐夜夜哭,她就夜夜咒,咒语十分毒辣。然而,二姐的娘改嫁后仍活得十分鲜艳。

这都是母亲说的,母亲说老天爷不睁眼。母亲也咒,母亲说好人不长寿,祸害一千年。

二姐是姥姥用玉米面糊糊喂大的。姥姥那没牙的嘴先把干干的饼子嚼一遍,然后用粗黑的手指抿到二姐的嘴里,直到二姐长出满口小牙……多年后,二姐成家立业,曾提着点心去看过她亲娘。亲娘抱住她就哭起来,边哭边说:"闺女呀,我哩亲闺女呀!娘想死你了……"不料,二姐站起就走,以后再没去过。

二姐三岁时得了一场大病,发高烧一连烧了五天五夜。在那难熬的日日夜夜,姥姥一直守候着她的亲孙女,能使的偏方都试过了,该请的乡医也请了,可小人儿还是昏迷不醒。眼看那小脸烧得像火炭一样,身子一抽一抽的,站在一旁的姥爷叹口气,说:"人不成了,拿谷草吧。"

按乡间习俗,姥爷正要拿谷草裹着埋人的时候,却被姥姥拦住了。姥姥歪着小脚一蹦一蹦地蹿了出去,站在院子里,仰望沉沉夜空,眼含热泪高声喊道:"妮——回来吧!"那一声如泣如诉,神鬼皆惊,姥爷禁不住在屋里应道:"——回来啦!"

就这样,姥姥走着喊着,喊着走着,一步步,一声声,从村里,到村外,而后面对那闪着星星鬼火的广袤旷野哀哀地唤道:

"妮——回来吧!"

"——回来啦!"

姥姥在外边一声声唤着,姥爷在家里一声声应着。那呼唤有多凄婉,那回应就有多苍凉;那呼唤有多执著,那回应就有多悲壮。这是一个天地人神均不得安宁的夜晚,两位老人泣血般的声声呼唤合奏着一部悲愤激越的招魂曲。那招魂曲越过农舍,越过旷野,越过茫茫夜空,越过沉沉大地,响彻九天云外,生生架住了迫近的死神……

"妮——回来吧!"

"——回来啦!"

天亮时,二姐终于睁开了眼,她活过来了。二姐大难不死,却烧成了一个小聋子。

听母亲说,二姐开初还不太聋,大声说话她是能听见的。七岁时,她还上过两年小学。她上学很用功,上课时两眼瞪得圆圆的,连个闪也不打。忽然有一日,她很晚了还没有回来。

姥姥到学校去找她，却见她一人独独地蹲在墙角里，头一下一下地往墙上撞！姥姥远远地叫："妮，妮……"她也不吭。待姥姥走近了，她赶忙擦擦眼里的泪，说："奶，回去吧。"姥姥问她，她却什么也不说。后来才知道，那天在课堂上，二姐被老师揪了出来，让她念拼音，老师说："dōng——东"，她便念："fōng——风。"老师再念："d——ōng——东！"她又念："fōng——风"……

二姐不再上学了。那天夜里，二姐哭着说："奶，我听不见……"姥姥伤心地摸着她的头说："妮，命苦哇。"二姐又说："奶，我听不见可咋办呢？"姥姥流着泪说："妮，这学咱不上了。我养着你……"

可是，七天之后，二姐却做出了一件让全村人吃惊的事。

那是黄昏时分，回村的人们全都怔怔地站在村口的路上，注视着西边那块染遍霞辉的谷地。在金红色的谷地里，只见一个毛茸茸金灿灿的草垛随风滚动，那草垛有一人多高，一会儿亮了，一会儿又暗了，一会儿摇摇地晃来，一会儿又坠坠地沉去……村人越聚越多，全都慌了神，老人说："精气！那是精气，草成精了！"

然而，那成了"精气"的草垛却缓缓地朝村子滚来。近了，又近了，当那草垛临近村口的时候，人们才发现下边有一个小小的人头，一张乏极了的小脸，那便是二姐，正是二姐的细麻秆儿腿支撑着那个大草垛！

老天哪,她是怎么背回来的呢?她才九岁呀!一个小小的妮子,怎么会呢?

村人都说,这妮不是人。

## 三

二姐真不是人么?我不敢这样说。可我总觉得二姐是有神性的。不然,我怎会记不起她的面目呢?

要知道,我从八岁起就跟二姐在乡下野,野了许多年哪。那时候,为了一张嘴,我几乎每个星期天都到乡下来。每次来,二姐都站在离村口远远的大路上等我。是的,我记住了那座石桥,也记住了二姐穿在身上的枣花布衫。我常常把那件枣花布衫当作乡村的旗帜,远远地望见了,就急煎煎地向它奔去。它也仿佛具有某种灵性,老远老远,就听见它说:兄弟,你回来啦,兄弟。

二姐的枣花布衫在田野里是会转色的。有时候我觉得它是红的,有时候我觉得它是紫的,有时候它是黄的,有时候它又是绿的。在夕阳下它是金红的,人也仿佛融进了金红色的大地;在芥麦地里它是紫的,人一进去就不见了影儿;在油菜地里它是黄的,人像是化在了灿灿的粉黄中;在玉米田里它又是绿色的，走着走着，倏尔就寻不到了。所以，田野里总响着我声声急切的呼唤："二姐，二姐——"

我似乎是记住了二姐的手。二姐的手并不鲜嫩，手指也不纤细，那是很粗很涩的一双手，摸上去像锯齿一样。每当这双手牵着我的时候，我就闻到了一股淡淡的草香。那草香一日日伴着我，久久后熏得我也有了一点点灵气，以至于多年后我仍然认得什么是"马屎菜"，什么叫"面条棵儿"。什么是"芨芨菜"，什么是"狗尾巴草"。至于哪种是能吃的"苦瓜蛋儿"，哪种是"甜哑巴秆儿"，那是一看便能认出的。

乡村是手的世界。我很难说清这双手的魔力。跟二姐在田野里野的时候，我知道这双手出奇的快，出奇的灵巧。先不说割草吧，乡村最美妙的音乐就是割草声，那"嚓嚓、嚓嚓嚓"的声响让人心醉。那是生命的音乐，那音乐奏起的一刹那间天还是灰的，东方仅露出淡淡的一线红，继而滚滚的一轮红日升起，一杆两杆地跃动，渐渐就钉在了中天，送大地一片泛着七彩光色的气浪，然后慢慢西移、下沉，烧一天胭脂的红……直到那一线灰红消去的时候，乐声才止。二姐十二岁就是劳力了，凭着这双手，二姐挣的工分抵得上两个壮汉。

我还知道二姐的指纹，二姐手上有九个"斗"。乡人说，九"斗"一"簸箕"是福相，可二姐的福在哪里呢？我说不清楚。我只知道那锯条样的小手指一顿饭的工夫就能编出十个好看的蝈蝈笼子。当然还有两层楼的，那要慢一些。二姐编的蝈蝈笼使我从小就有了一点点商品意识。编好了笼子，二姐就带我去地里抓蝈蝈，那是一抓一个准。抓住了，二姐就问我："叫了么？"我欢欢地说："叫了！"二姐说："只有母蝈蝈才叫，公蝈蝈不会叫。"于是我就把装了母蝈蝈的笼子带回城去，拿到学校门口跟同学们换蒸馍吃。可我怎么就没想到呢，二姐原是听不见蝈蝈叫的……

那时候，二姐的手就是我的食品袋。跟着她我尝遍了乡间的野果。即使在光秃秃的冬天里，二姐也能在野外地老鼠营造的"搬仓洞"里刨出一捧花生来！可这双手平素却是专拣黑馍馍吃的。在姥姥家里，饭一向分两种，黑窝窝是姥姥跟二姐吃的，掺了些白面的馍是我跟姥爷吃的。乡间的女人，似乎都长了一双拿黑馍的手，那仿佛是命定的。二姐才比我大四岁，又是姥爷姥姥极疼爱的孙女，为什么就不能拿白馍呢？那时，我不懂。长大了，我仍然不懂。但我却明白了"黑"与"白"。我固执地认为，黑与白就是人生的全部含义。

我痛骂过自己，似乎不应该这样"肢解"二姐。二姐示惠于我，我凭什么"肢解"她呢？

可映在我眼前的还是一个背影，二姐的背影。也许是我常常跟在二姐身后的缘故。在我的印象里，二姐肩头上那块补丁是很醒目的。那是一块蓝色的补丁，布是半成新，针脚很细，细得让人看不出。尤其叫我难忘的是那补丁上还绣着一朵花，是"牛屎饼花"。这是名字最难听的花，却是乡村里最鲜艳最美丽的花朵。在乡人的院子里，种在窗前的就是"牛屎饼花"。这种花的香气很淡，在风中细品才能捉到，但这种花的香气最久，即使干枯了，也有丝丝缕缕余香不散。后来二姐那绣在补丁上的"牛屎饼花"磨去了，只有花的印痕依然清晰……

从二姐的肩头望过去，还时常能看到邻村的一块坡地，坡地上立着一个年轻的汉子。在夏日的黄昏，那汉子总是野野地光着脊梁，远远看上去热腾腾的。间或挂着一张锄，就那么斜斜地站着，身上被落日的余晖照得亮亮的，像黑缎一样。开初我不明白，后来总见二姐就那么站着，即使背着草捆的时候，她也那么站着，痴痴地朝西边望。而西边坡地上的汉子，也常常那样站着，久了，就见他也朝这边望。那一瞬间，二姐就把头勾下去了，而后耸一耸背上的草捆，又慢慢、慢慢地抬起头……那坡地并不遥远，却没见谁走过去或走过来，就那么仅仅望着，望着。有时候，就见那年轻的后生在坡地里犁田，犁着犁着就打起牲口来。那鞭儿炸炸地响着，人也一蹿一蹿地骂，骂声十分响亮。于是，我拽起割草的二姐朝那边看。看着看着，那汉子就不再打牲口了，重又规规矩矩地犁田，鞭儿悠悠地晃着，在坡上一行一行地走。收工时，天地都静了，又见二姐朝那边望，他朝这边望，就那么默默无言地相互望着……

这也许是二姐一生中最有色彩的部分了。在那个夏天里，二姐的脸总是很生动地朝着西边，与那年轻的汉子无言地相望。没有见谁说过一句话。我曾一再倒放记忆的胶片，是的，他们没有说过话，连一声吆喝都没有。后来那汉子就不再来了，坡地上空空的。可二姐还是朝西边坡地里望，一日又一日，无论风天还是雨天，二姐总在望，默默地，默默地……

终于有一天，二姐带我穿过了那块坡地。那是秋后时节，坡地里的芝麻一片一片地开着小朵的白花，香气十分浓郁。可二姐并没有在那块坡地里停下，她仅仅是看了一眼，就又往前走，身子摇摇的。穿过高粱地，又穿过玉米田，也不知走了多久，抬起眼来，已经站在了坟地里。那是一块极大的坟地，坟地里最显眼的是一座潮湿的新坟。二姐就在那座新坟前站住了。

二姐站住了，我的记忆也"站"住了。只记得二姐留在坟地里的脚窝很深，五个脚趾的印痕深深地扣进地里，那印痕一圈一圈地绕着新坟，就像在地上镌刻一个巨大的花环……

这就是二姐的秘密。二姐一生中就这么一件秘密。

记得那是雨后的黄昏，在回去的路上，我要二姐带我去捉蜻蜓，二姐就带我去场里捉蜻蜓。空气湿湿的，地也湿湿的。蜻蜓在空中一群一群地飞，忽一下高了，忽一下又低了，那薄薄的羽翼在晚霞中折射出七彩的神光，旋得十分好看。我拿着场里的木锨去扑，东一下，西一下，总也扑不着。急了，我就喊："姐，姐……"

二姐干什么都帮我。可那一次二姐没有帮我，我记得二姐没有帮我。她站在场院里，一动也不动，默默地看着蜻蜓飞。

蜻蜓飞来了，又飞去了，亮着黑黑的头，摇着薄薄的羽，一双双，一对对，在她身边打着旋儿，有一只蜻蜓竟然停在二姐的肩上，二姐还是不动，愣愣的。我跑过去扑，却见二姐的嘴在动，二姐说："丁丁（蜻蜓）比人好。"

## 四

二姐十八岁定亲。

按照乡间的习俗，第一次"见面"应该是十分隆重的。姥姥仄着小脚专程到城里来了一趟，跟母亲商量。母亲说，让妮来一趟，就在城里见面吧。按母亲的意思，在城里见面，就有了些体面。姥姥又回去问二姐，二姐不说话，只默默地坐着。于是就这样定了。

那天晚上乡下来了许多人。来相亲的画匠王村人充分地展示了他们的"富裕"。家中的小院里扎满了自行车，全是八成新。七八条小伙整整齐齐地站在院子里，一身的新。进来一个是蓝帽子，蓝布衫，蓝裤子；又进来一个还是蓝帽子，蓝布衫，蓝裤子；个个都是蓝帽子，蓝布衫，蓝裤子。布料是当时很时兴的斜纹布，那说亲的女人排在前边，手里赫然提着十二匣点心！她身后，蓝色的汉子们一个个木偶似的相跟着，小心翼翼地进屋坐了，叫人很难分清相亲的是哪一位。

大概是一支烟的工夫，众人稍稍地说了一些闲话，汉子们便站起身一个一个往外走，像演戏一样，上了场，又慢慢退场。二姐始终在屋里坐着，穿一件枣红布衫，围一条毛蓝色的围巾，就那么勾头坐着，怔怔的，不知在想什么。这当儿，一个瘦瘦的小伙临站起时把一个小红包递到了二姐的手里，他慌慌地看了二姐一眼，就往外走。突然，二姐站了起来，说："等等。"她扫了那小伙一眼，慢慢地说："把钱拿走。"

众人一下子愣住了。走出门的蓝汉子全都折回头来，一个个惊惶不安地望着二姐。尤其是那相亲的小伙，脸慢慢泛白，头上沁出了汗。那汗一豆儿一豆儿地生在脑门上，又一层层一排排地"长"，顷刻间布满了那张微微泛红的脸，凝住挥不尽的尴尬和窘迫。他站在那儿，周围静得没有一点儿声音，只有那汗珠滴滴圆润……

二姐勾下头去，匆忙解开了那个小红包，包里是厚厚的一叠钱。二姐把钱递过去，很果决地说："拿走。"然后将包钱的小红纸轻轻地揣进兜里。

这是庄严的一刻。屋里的人全都默默不语，呆呆地望着二姐。多年后，我才知道乡下人是很讲究形式的，在他们看来，形式就是内容。这一揣使汉子们暗暗地松了一口气。二姐收下了小红纸就等于定下了她的终身。她的一生就押在了那张小红纸上。就在那一瞬间。汉子们笑笑地走出去了。只有那未来的姐夫走得沉重,仍然挂着一脸的汗。他们感到诧异,二姐为什么不收钱呢?

二姐收下了那"汗"。当那汗珠密密麻麻地排列在未来姐夫的脑门上的时候,我分明看见二姐的眼眨了一下。正是那一豆儿一豆儿的汗珠促成了二姐的婚事。二姐是在汗水里泡大的,她深知世上的一切都可以作假,唯有汗水是不会假的。二姐认"汗"。

事后我才知道,那晚画匠王村人的"演出"并不成功。事前,姥姥曾差"细作"悄悄去村里打听过。"细作"问:"套家怎样?"人说:"是东头套家还是西头套家?""细作"又问:"东头怎样,西头又怎样?"人说:"东头套家瓷实,家人当着支书呢,西头套家穷……""细作"回来说:"许是东头吧?"姥姥不说话,就问二姐:"妮,你看呢?"二姐不吭。二姐定然是知道的。相亲的婆家其实很穷很穷。那晚相亲的"行头"全是借的。钱是借的,自行车是借的,连身上穿的衣裳都是借的。为了相亲,乡人们集中了全村人的智慧和富有,从乡里借到城里……据说,相亲的姐夫已经说过七次亲了,一次一次都吹了。因为家穷,因为床上躺着一个病瘫的老娘……

二姐耳聋心不聋。这一切她都是知道的。她执意不要那三百块钱,就是不要那注定将由她偿还的债务。

在出嫁前的一年里,二姐像换了个人似的,除了下地干活,就不再上田里去野了。我来,她也很少陪我去玩,就坐在家里做鞋,给表兄妹们做,也给那定下亲的蓝汉子做,一双又一双,每次来,总见二姐在纳鞋底,那线绳儿"嗞啰、嗞啰"地扯着,锥子从这边扎过去,又从那边扎过来,狠狠的。那动作里似乎有一种说不清的东西。二姐的鞋底是有记号的,鞋底上总绣着一只黑蜻蜓。那蜻蜓用黑丝线绣成,翅儿夅夅的,还有两条长长的须儿,活生生的,只是没有眼。我指给二姐看,"没眼。"二姐懂了我的意思,笑笑说:"有眼就飞了。"

间或,姐夫也提了礼物到姥姥家来。还是穿着一身新新的蓝衣裳,来了就做,不是去挑水就是扫院子。而后就默默地坐下来,二姐不吭,他也不吭。要是二姐问一句,他就答一句,话是不多的。

二姐问:"吃了么?"

他就说:"吃了。"

二姐问:"家里还好?"

他就说:"还好。"

二姐问:"娘的病好些了?"

他就说:"好些了。"

二姐问:"能下床了?"

他摇摇头,没话……

二姐就"嗞啰、嗞啰"地纳鞋底,纳着纳着就拿出一双新做的鞋子让他试,试了,看看合脚,二姐就说:"穿着走吧。"而后,二姐趁姥姥出去的工夫,偷偷地说:"别再借人家的衣裳穿了，别再借了……"

姐夫脸就红了，红得像新染的布。于是那借来的新蓝衣裳穿在身上就显得格外别扭。那天他刚好借的是一条侧开口的女式裤子。

后来姐夫再来时穿得自然破旧，肩头总是烂着，那神色倒显得自然了。来了，二姐待他更显得亲切，一进门就打水让他洗。临走，总要给他缝一缝衣服。那时，二姐让他坐着，嘴里咬一节避灾的秫秸，就蹲着一针一针地为他缝，就像缝着未来的日子。

记得二姐出嫁前曾到邻村那汉子的坟上去看过。坟荒了，坟上爬满了萋萋荒草。二姐就蹲下来拔那荒草，留下了一圈密匝匝的脚印。似乎没有哀怨和痛苦，拔了荒草，她就去了。不像城里人，有很多的缠绵。

二姐是阴历九月初八出嫁的。那天，为了抢"好儿"，画匠王迎亲的马车四更天就来了。喜庆的日子，二姐自然是穿了一身红，红棉袄，红棉裤，头上还系了一条红披巾。待一阵鞭炮响过，二姐跪在姥姥面前磕了一个头，就挺挺地上了那围着红圈席的马车。

不料，五更天起了大雾，四周什么也看不见了。刚好那赶马车的老汉眼不济，过小桥的时候，赶着赶着就把马车赶到河里去了。只听得"咕咚"一声，二姐已坐在河里了！送亲的三嫂忙把二姐从齐腰的河里拉出来，接着就破口大骂：

"画匠王的人都死绝了吗？派这么一个瞎眼驴！大喜的日子，把人赶到河里，这不霉气吗?！不去了，不去了！叫人给画匠王捎信儿，重置衣裳重派车，单的棉的一件不能少，少一件也不去！"

迎亲的画匠王村人全都傻了，谁也不敢吭声。那赶车的老汉是姐夫的本家叔，见办了这等窝囊事，竟咧着大嘴哭起来，一边哭一边扇自己的老脸："老没材料哇……"

众人忙给三嫂赔不是，连连求情。三嫂一口咬定："不中！大喜的日子，妮一辈子就这一回，这算啥?！"

二姐苦苦地笑了，说："算了，谁也不怨，这就去吧。"

三嫂说："妮，这可是你大喜的日子呀！……"

二姐说："既没坐马车的命，就不坐了。三嫂，咱……"

三嫂说："妮，死妮，要去你去，我可不去，老丢人哪！"

二姐不再说了，就默默地往前走。三嫂在后边喊："妮，妮，这就去么？你就这么去?！……"

天大亮了。二姐头前走着，身后散散地跟着一群垂头丧气的画匠王村人。没有鼓乐，也没有鞭炮，二姐就这么步行去了。她穿着那身湿漉漉的红衣裳，红衣裳在凉凉的晨风中张扬着，像是生命的旗帜，在漫漫黄土路上行进着，很孤独地飘扬。

后来，那赶车的老汉流着泪对三嫂说："侄媳妇明大义呀！"

## 五

姥姥去世的时候,二姐已经嫁过去三年了。

在这三年时间里,二姐没有进过一趟城。逢年过节的时候,二姐就差姐夫来看一看姥姥。那时姥姥已来城里住了。姐夫每次来从没空过手,或是一兜鸡蛋,十斤白面;或是一包点心,二斤芝麻什么的,实在没什么可拿,就烙几块油馍兜着。姐夫来了,姥姥总要问:"妮咋不来?"姐夫便说:"忙哪。"母亲说:"忙啥,地都净了,还忙啥?!"姐夫说:"白日里一摊子活计,夜里浇地呢。浇一夜两毛钱,她不舍那钱。"母亲气了,就说:"叫她来,没钱我给她!"可二姐还是没来。

有一次,我在路上碰上了二姐。她跟姐夫上山拉煤去了,从城边路过却没有进城,硬是从城关绕过去。三年不见,我几乎认不出她了。二姐头发披散着,一脸煤黑,裤脚高高地绾着,腿上的血管一条一条地暴出来,整个看上去就像一段枯枯的树干,我不禁怔住了,赶忙拉她上家。她硬是不去,说:"兄弟,不去了。看俺这要饭花子样儿,丢大姑的人。"二姐还是走了。姐夫驾着车,二姐拉着襻绳,在暮色里,就见二姐背上那块地图样的黑色汗斑……

那是怎样的苦做呀!从二姐身上已看不到年轻女子的影子了。听画匠王村人说,没有见过这么能干的女人,也没见过这么狠的女人。夏天里二姐在地里割麦，曾经拼倒过八个精壮的汉子！别人割麦一人把六垄，她一人竟把十二垄，头一扎进地里就再也不出来了，就那么弯着腰一镰一镰地割下去，无休无止地割下去。还听说她游过街，为养鸡游过街。人们让她在村街的碾盘上站着，她就站着，直直地站了一晌。可下了碾盘，她竟又去赊了十二个鸡娃娃。村干部说："怎么还喂?！"她说："还债哪，还债。"干部摇摇头，说她聋，也就罢了。

姥姥是腊月里过世的。姥姥临咽气前曾反复地叫着二姐的名字。母亲赶忙打发人去叫她。可是，待二姐赶到医院的时候，姥姥已经咽气了……

按照乡间的习俗，姥姥是送回故土安葬的。回到乡间的那天夜里，一家的亲戚都坐在姥姥的身边守灵。半夜时分，我熬不住就躺在姥姥的身边睡了。突然我听到了哭声！睁眼一看，"长明灯"忽悠忽悠的，竟是二姐在哭。二姐哭着哭着就不哭了，一家人都怔怔地望着她，只听母亲惊慌地说："下来了，下来了！"

二姐"下"来了。二姐盘膝正襟端坐在姥姥的灵前，一副灵魂出窍的样子，忽然就说起话来。二姐竟用老人那种庄严、肃穆的口吻，像"先人"一样地缓缓诉说久远的过去，诉说岁月的艰辛……那话语仿佛来自沉沉的大地，幽远而凝重，神秘而古老，一下子慑住了所有人的魂魄，没有人敢去惊动二姐。母亲一向胆大，可这会儿也懵了，只是呆呆地听……直到鸡叫的时候，二姐说："我走了。"于是，"先人"就走了。

多年后，在我的记忆里仍然留存着那晚的印象。因此我无法说清世界上究竟有没有魂灵。虽然后来我问过母亲，母亲说是老祖爷的魂儿扑到二姐身上了。可老祖爷的魂儿为什么会扑到二姐身上呢？或许，在冥冥之中真有一种神秘的磁场，这磁场可以跨越阴间阳世，那"先人"的魂灵就借着二姐的躯壳返回阳世，借二姐的嘴传达出他的神性意旨？或许，是二姐过度的悲伤造成了精神的混乱，这混乱便产生出幻觉？

第二天，当人们纷纷议论二姐如何"下"来的时候，二姐却一切如旧，没有些微的神经失常。她先是坐在姥姥的遗体前一遍一遍地用温水给老人擦脸，极小心地把皱纹中的污痕拭去。而后又跪在姥姥跟前，把姥姥苍苍的白发重新梳理一遍，梳得很亮很亮，梳着梳着就有泪下来了。待入殓时，二姐就跪在一旁，一声声喊着："奶，躲钉吧。奶，躲钉吧……"

母亲是极注重形式的，一切都按乡间的礼俗来办。可二姐比她更注重形式，"牢盆"上的"子孙孔"几乎全是她一个人钻的。别人钻了，她总嫌不圆，还要再钻，直到一个个孔都圆了为止。钻了"牢盆"，她又去糊"哀杖"，糊得极其认真，倏尔，她郑重地走到母亲跟前，说：

"大姑，我给俺奶写（请）一班响器吧？"

母亲瞪她一眼，说："咋，你老有钱？不写。"

二姐是很怕母亲的，可她却重复说："大姑，我给俺奶写班响器。"

母亲说:"不写。"

为安葬姥姥,按乡间的礼俗,母亲已经请了一班响器了,就不想让她多花钱。况且,在那种时候,写一班响器已是很冒险了。

二姐没再说什么,就默默地走出去了。大约二姐很想做人,她在兜里摸了很长时间也没摸出钱来,就悄悄地把姐夫拉到一边,让他回去借,不准在这儿借。姐夫吭哧了一会儿,还是去了。

半晌,门外的鼓乐响起来了,不是一班,而是两班,二姐硬是花了三十块钱又请了一班,与母亲花钱请来的一班对吹!引了许多村人围着看。

姥姥的葬礼开始时,母亲与二姐为响器的事反目了。母亲怒冲冲地说:"谁让你叫的?谁让你叫的?一点儿话都不听!……"

二姐一声不吭,以沉默相抗,那沉默里含着强烈的倔强。姐夫缩缩地蹲在地上,更是不敢吭声。

下葬的时候,二姐趴在姥姥的坟上哭得死去活来,许多人去拉,她都不起来……

当天夜里,办过丧宴后,母亲沉着脸从兜里掏出三十块钱递给二姐:"拿去吧。"二姐不接,说:"大姑,俺再穷,也是奶把俺养大的,写班响器都不该么?"众亲戚也劝道:"妮,拿住吧，你日子过得紧巴……"二姐还是不接。母亲气了，把钱摔在地上，站起就走。二姐默默地把钱拾起来，重又塞到我的兜里，硬是没有拿。

母亲是很固执的人，这件事在她心里留下了很深的裂痕。她常常有意无意地在亲戚面前诉说二姐的不是，说她犟。后来，二姐生孩子的时候，差人送来"喜面"，可作为大姑的母亲，竟没有去！只打发妹妹送去了礼物。这在很重面子的母亲来说，是很少有的事情。

妹妹回来时，母亲问："孩子胖么？"

妹妹说："胖。"

"你姐身体好么？"

妹妹说："脸蜡黄，可瘦。就那又下地干活了。"

母亲咬着牙说："好得死吧！"

母亲愣了一会儿，又差妹妹送去了一篮鸡蛋。回来时，姐姐却又回了一篮子红柿。母亲看见那红柿就恨恨地骂道："死妮子！"

此后，在母亲与二姐之间，这种"精神仗"打了许多年。可母亲似乎总也胜不了二姐。二姐一年四季都去给姥姥上坟。逢年过节，二姐总要割块肉到姥姥的坟上去祭。烧一把黄纸，磕几个头，总是很认真地说："奶，今儿过节哩，拾钱吧。"在那个没有了亲人的村子里，姥姥的坟总是添得最大。

## 六

我夜里时常做梦，梦里出现的总是那片灰蒙蒙的土地，土地上长着两株黑色的穗儿。在梦中我知道，那穗儿就是二姐的眼睛。醒来后我又觉得可笑，也许是我的记忆联想产生了错误。记得童年时二姐曾带我去掐"麦佬"，二姐说："那黑穗穗儿就是麦佬。"于是我记住了麦佬，却记不住二姐的眼睛……

二姐十年里只进过一趟城，那是我结婚的时候。

我是腊月里结婚的。结婚时本应通知二姐，可母亲说：二姐的日子过得艰难，人又撑得极大，别再让她花钱了。于是就没有通知二姐。

谁知，腊月二十三，就在我结婚的前一天，二姐竟来了。这是二姐出嫁后第一次进城串亲戚。可以看出，二姐为进这趟城，曾经长时间地准备过。二姐是拉着架子车来的，车头上挤挤地坐着三个孩子，车里却赫然放着一扇猪肉。听姐夫说，得信儿晚了，来不及置办什么，二姐就连夜央人把辛辛苦苦喂了一年的肥猪杀了。二姐的礼太重了，重得叫母亲无言。二姐站在母亲面前，笑着说："大姑，我看你来了。"母亲却故意嗔着脸说："看我干啥，我还没死哩，你别来看我。"二姐显然没听见母亲的话，就把孩子一个个扯到母亲面前，说："叫姥姥。"三个孩子高高低低地在母亲面前排着，小脸红扑扑的。孩子们全都穿着崭新的蓝布衣裳，连戴的帽子也是蓝的，一色的斜纹蓝，二姐和姐夫竟也穿着一身崭新的蓝。

这支蓝色的小队在接受母亲的目光的"检阅"。十年了，整整十年，二姐没有进过一趟城。现在她来了，带着一个蓝色的小队……这不由使人想起十年前二姐相亲的那天晚上，来相亲的姐夫也是穿的一身蓝，然而那套"行头"却是借人家的，从上到下都是借的。这会儿二姐带来了自家的"蓝色"，那衣裳显然是一块布料剪出来的，一针一线都是二姐缝织的。为穿上这一身蓝，二姐不知耗费了多少心血！

母亲也被这宣言般的"蓝色"镇住了。她的手摩挲着孩子的头，目光却望着二姐。二姐依旧很瘦，颜色黄黄的，但精神很好，头发梳得很整齐，脸上透着喜庆，只是额头上的皱纹太重了，一重一重的，鬓边竟有了白发！那笑也很疲倦，是硬撑出来的。

母亲把二姐拉到隔壁的房间里，大声说："妮，别太撑了，别撑了！"

二姐说："没称，自家用的，还用称么？"

母亲骂道："死妮子呀，死妮子！"

二姐笑了："大姑，到乡下住几天吧。我喂了十几只母鸡呢，天天给你打鸡蛋……"

母亲没话说了，叹了口气说："多住几天吧，好好养养身子。"

二姐说:"老大上学了,二年级,叫钢蛋。老二叫铁蛋,也快了。小三叫平安,可能吃呢……"

母亲摇着头说:"怎么就聋成这样呢?"

二姐一拍手说:"兄弟媳妇呢?得叫我看看新媳妇呀!"

母亲大声说:"还能不让你看么,明儿就来了。"

二姐说:"忙呢,俺赶黑还回去哩。"

母亲发火了:"忙,忙,成天就你忙!忙就别来呀!"

二姐笑笑,就又不吭了。

吃罢午饭,我把妻子叫来了。妻是城里长大的女人,城里长大的女人都有一种先天的优越。她进门是带着笑的,但我看出那是一种敷衍的笑,笑得很勉强,没有甜味。我介绍说:"这是乡下来的二姐……"

妻点点头,仍笑着,没有话。她平时话很多,这会儿却没有话。她的目光巡视了"蓝色小队",那优越就暗暗从眼里溢出来。是的,那蓝斜纹布在城里已不时兴了。她看到的是很土气的乡下人。可她哪里知道,那"蓝色"是二姐十年辛劳的宣言哪!

二姐一向待人亲热,她跑上来拉住妻的手说:"多好啊,高挑挑的,多好!"

妻的鼻子却微微地犟了一下,身子往后撑着,说:"你坐,你坐。"

二姐一点不觉,欢欢地说:"不忙。秋收了,麦种上了,光剩拉粪、捡烟这些零碎活儿了……"

妻子很勉强地说："哦，哦……"

二姐说："啥时到乡下去玩玩，恁一块去。我给恁擀豆面条，烙柿饼馍馍吃。"

妻子又应付说："哦，哦。"

二姐说："不麻烦，一点儿也不麻烦。"

我暗暗地捅了妻子一下，希望她能待二姐热情一些，二姐不是一般的亲戚……然而，妻子却突然贴近我的耳畔，悄悄说："看见了么，她身上有虱，在衣领上爬呢！"

我没有吭声。我装着什么都没听见的样子，继续跟二姐说话。一边说话一边逗小三玩，想借机转移妻子的注意力。

可是，妻子却以为我没有听见，那目光仍斜斜地望着二姐的衣领，一直跟踪下去。片刻，她又一次贴近我的耳边，急煎煎地小声说："她身上有虱！"

我狠狠瞪了妻子一眼，仍旧不吭。二姐是很要面子的人，我不能让二姐看出来。妻子没下过乡，不知道乡下日月的艰辛，因此她很看重"虱子"，她不知道"虱子"是靠汗水来喂的。

城市女人的浅薄是无法想象的。妻子在我的暗示下虽然有所收敛，可她那游来游去的目光却不由得依然停在二姐的衣领上，看那匹"虱子"的蠕动……

我站起来。我站起来挡住了她的视线，以免使二姐难堪。

可妻就像得了心病似的，也跟着站了起来，嘴一张一张的。我说："你走吧。"

终于，出门之后，她还是忍不住地说："她身上有虱！晚上别让她在这儿住。"

我的头"轰"地一下大了，我很想给她一巴掌，狠狠地给她一巴掌！我知道城市女人一向都用肉体的眼睛看人，而从来不会用心灵的眼睛去看人。因此城市女人的眼里没有温情和体谅，更没有厚道和宽容，只有刻薄和挑剔。我不知道应该跟她说点什么。我很想说说二姐送来的猪肉，可她不会理解，她不知道在乡村里一扇猪肉意味着什么。我很想说说我的童年，告诉她我小时候就是很脏很脏的小脏孩，生满虱子的小脏孩，那时，我的每一条衣缝都是二姐用牙咬过的，因为虱子太多！……

可我什么也没说，对"城市"我无以诉说。妻的心不坏，可她不懂，永远不懂。

二姐没有参加第二天的婚宴。她坚持说："家里还忙呢。"执意要走。家里人都劝她留下来，母亲发了很大的脾气！好说歹说，总算把三个孩子留下了，可她和姐夫还是走了。

晚上吃饭的时候，钢蛋说："俺妈说了，夜里不叫喝汤（吃晚饭）。"

母亲问："为啥不叫喝汤？"

钢蛋说："铁蛋、平安光尿床。妈说，城里姥姥家的床干净,尿上了要打屁股!"

母亲说:"吃吧,姥姥让吃,尿上了也不打屁股。"

可三个孩子竟不肯吃,硬是饿了一晚上。气得母亲直骂!

后来听街坊说,那晚二姐并没有走,她和姐夫趁晚上的工夫掏粪去了。他们是拉着满满一车粪回去的。

## 七

我怀恋乡村里的点心匣子,那种摆在乡村集市上的马粪纸做成的点心匣子。

在乡村的集市上,每每会看到一群一群的乡下女人蹲在那儿卖点心。那点心匣子有浸了油的,也有没浸上油的,匣子上的封贴都很精彩。那时我自然就会想起二姐,就觉得二姐也在那儿蹲着,面前摆着花花绿绿的点心匣子,等人来买。是的,我记住了乡村里的点心匣子,却没有记住二姐的脸。

乡下人一般是不吃点心的,乡下人的点心都是串亲戚用的。过节或逢会的时候,就见乡人一群一群地提着点心来串亲戚,那提来的点心必然是带匣的。乡下人买点心并不看重点心的质量,而是看匣子,只要匣子上的封贴是新的,匣子没油浸的痕迹,就买。买了还是串亲戚用,没有人吃,不舍得吃。亲戚家送来的点心，就一直搁房梁上挂着。那点心或许放了一年，或许放了半载，待有了出门的时光就再送到亲戚家去。也有的一送来就提到集市上卖了，卖的价自然很低，换一月的盐钱。还有的就这么一直串下去，点心匣子在一家一家的亲戚中转，转到最后又转回来了，打开来看，点心早已风干，就只剩下了匣子。到了这时候，点心自然倒掉。匣子若还新，就还留着。在二姐家的房梁上就挂着这么一串点心匣子，匣子旁边是一个竹篮，竹篮里放的是点心，竹篮外面挂的是空匣子。匣子和点心分开放，是怕点心油了匣子。

二姐家的钢蛋十五岁的时候，偷吃过竹篮里的点心。那时他很好奇，很想尝尝点心是什么滋味，就趁家里没人的时候偷偷爬到梁上，把竹篮里的点心吃了。后来他说那点心是甜的，里边有小虫儿，小虫儿很香。

待二姐串亲戚的时候却发现点心没有了。她先把匣子取下来，一只只摆好，然后再装点心。可一取竹篮，就发现竹篮空了。于是很火，亲戚也不串了，把孩子一个个叫过来审。

钢蛋说："我没有吃。"

铁蛋说："我没有吃。"

平安也说："我没有吃。"

三个孩子都不承认，二姐就让他们在当院里跪下，老实说了才能站起来。二姐说那是一只"气死猫"篮子，老鼠进不去，猫也够不着，不是你们馋嘴是谁？

三个孩子在院里跪了一个时辰，跪着跪着平安哭起来了。这时钢蛋说："是我吃了。叫他们站起来吧，是我偷吃了。"

二姐气坏了，说："你咋这么馋呢？就你大，就你不懂事。你不知这点心是串亲戚用的？在你老姥姥那儿，无论多金贵的东西，放一年，放十年，搁在眼皮底下我都不动，咋托生个你？！打嘴！"

钢蛋就打自己的嘴。打了十下，把脸都打肿了。

二姐问："记住了没有？"

钢蛋噙着泪说："记住了。"

三年后，钢蛋当兵去了。临走那天，二姐知道钢蛋好吃点心，就背着铁蛋和平安把放点心的竹篮取下来让他吃。钢蛋没吃。钢蛋说，点心留着串亲戚用吧。钢蛋还说，等当兵回来，上北京捎几包好点心。那好点心不串亲戚，自家吃，让家里人好好尝尝……

就在钢蛋参军的第二年，县民政局的人突然到乡下来了。县民政局的人提了五匣点心来到了二姐家，一进门就很客气地说：

"老嫂子，我们的工作没有做好。很早就想来看看你们，一直没空来……有照顾不到的地方，您多批评吧。"

那会儿二姐才四十来岁，还不算老，可在公家人眼里已是很老很老了。二姐正在院里拾掇玉米呢，玉米刚从地里拉回来，就赶着剥，好挂起来晒，怕捂了。二姐看见公家人提着礼物来了,就慌慌地让他们上屋里坐。待民政局的人坐了,二姐一边剥着玉米,一边听他们说客气话。民政局的老马说:"老嫂子,王钢蛋同志在部队表现很好,一直积极要求进步,还立了功呢……"

二姐就说:"别叫他回来,俺也不去搅扰他,叫他好好进步吧。"

老马说:"王钢蛋同志入伍第一年就当上了班长,一直是吃苦在前……"

二姐说:"不缺,家里啥也不缺,叫他别操心家里。咱庄户人没别的,有力,叫他别惜乎力。"

老马说:"王钢蛋同志一心为国,从不计较个人得失……"

二姐说:"可不,玉米还湿着呢,晒干了好交秋粮。这是玉米种,得单打单晒,金贵着呢。"

老马一时不知说什么好,就没话找话说:"老嫂子,今年、今年收成不赖吧?"

二姐手剥着玉米,眼一洒就落在点心匣上了。她说:"来就来了,还花那钱干啥。咋能让公家花钱哪?……到底是城里点心,那匣多好!"

众人就看那点心匣子,看了,默然。片刻,老马从提包里拿出一套新军装,缓缓地说:"王钢蛋同志……"

二姐说:"这孩子,还叫人捎回来一套衣裳。不叫他挂家,他还挂家。真不主贵!恁拿去穿吧……"

老马愣住了，民政局的人也都愣住了，不知往下该怎么说才好，就默默地抽烟。抽了一会儿，老马嗫嚅道："老嫂子，组织上……"

二姐说："不怕恁笑话，俺缺人手，日子也紧巴一点儿，日子紧巴主要是想省钱盖房子。这会儿乡下说媳妇得先有房子。俺想趁他在队伍上的时候给他说房媳妇，在队伍上媳妇好说一点儿。这会儿先别给他说，等盖了房子再说。今年雨水大，烟没长好，乡下全靠这一季烟哩，要不就盖了……"

民政局的人不吭了，都望着二姐剥玉米的手，默默地盯着看。看了，就觉得不像人的手……而后又看自己的手，看了，就再没说什么。

后来民政局的人在地里找到了姐夫。姐夫在地里拉玉米呢，车装好了，就遇上了民政局的人。姐夫说："来了？"

民政局的人勾着头说："来了。"

往下就站着，默默地站着……姐夫就蹲在车杆下哭起来了，手捂着脸哭。

姐夫把那车玉米从地里拉回来天已黑透了。二姐帮他卸车，二姐说："咋恁晚？天都黑透了。"

姐夫没吭声。他揉了揉眼，没吭声。

二姐又说："县上的人来了，说钢蛋进步了，还拿了五匣点心……"

那晚，二姐吃得很多，姐夫吃得很少。二姐看看馍筐说：

"累了？累了就早歇吧。"

姐夫就早歇了。二姐一个人坐下来剥玉米，一直剥到半夜。

半夜的时候，油灯忽悠了两下，灭了。二姐忽然就站了起来，站起就往外走。她怔怔地走出家门，走出院子，一步一步地向外走去。夜很淡，大地灰蒙蒙的，月光像水一样泻在树上，撒一地斑斑驳驳的小白钱儿，二姐的脚跳跳地踩着小白钱儿走，走得很邪。

等姐夫从家里追出来的时候，就见二姐独自站在寂寂的旷野里，像疯了似的大声喊：

"钢蛋——！"

"钢蛋——！"

"钢蛋——！"

喊了，她又顺原路慢慢走回来。路上，依旧是踩着斑斑驳驳的小白钱儿走，跳跳地。回到家，又原样坐下来剥玉米，一直剥到天明……

次日，二姐好好的，一切如常，像是并不记得昨晚的事儿。她看见民政局拿来的点心匣子油了，就赶忙拿到集会上去卖。开初她打算一匣要一块钱，可在集会上蹲了半晌没人要。后来有人看了看匣子说："油了，九毛吧？"二姐说："新封新匣，你看看？"人家不看，摇摇头去了。又有人看了看，说："八毛吧？"二姐说："新封新匣呀？"人家比了个手势，说：

"油了,你看油了。八毛吧?"二姐说:"你随意给。城里的点心,你随意给吧。"人家就掏了四块钱,提走了那五匣点心。

就在二姐卖点心的时候,姐夫被民政局的车接走了。

这时,村里人才知道钢蛋在边境上牺牲了。钢蛋虚岁十九,头年三月去当的兵,走时高高兴兴的。他才去了一年零六个月,就被越南人打死了。越南人用中国制造的冲锋枪射出了一颗美国子弹,钢蛋就牺牲了。

村人都说二姐没福,钢蛋刚能接住力就走了,走了就不再回来了。

这事儿一直是瞒着二姐的。去集会上卖点心的时候,二姐见了人还说:"俺钢蛋进步了……"

却不料,年底的时候,那五匣卖了的点心竟又转回来了。二姐不记得是哪家亲戚送的,姐夫也记不得了。可二姐认得那匣,那匣上油了一块……

过罢年,二姐又提着那五匣点心到集会上去卖。她从早晨蹲到中午,竟没一个人问价。于是二姐又把点心提回来,挂在了房梁上……

后来姐夫进城来说了这事儿,说得母亲流了满脸泪。母亲说:"不能说,别给她说。这事儿太邪了,叫她进城来住几天吧。"

姐夫说:"忙呢。"母亲说:"忙啥,叫她来。"

姐夫回去说了,可二姐没有来。

八

是呀,我怎会忘了那台织机呢?忘不了的,忘不了。

那年冬天,我到乡下去看了二姐。

我是在坯场里找到二姐的。家里没人,我就顺着村路转悠。远远,就看见坯场里竖着一排一排的坯架,在坯架中间的空地上,有一个晃晃的人影在动。我不知道那是谁,也看不清那人的面目。待走近些,我看见那人正弯腰蹲在一大堆和好的稀泥前摔坯呢。那人的一张脸全被乱发遮住了,身上斑斑点点的全是泥巴,两条细腿秆儿一样戳在地上,朝天撅着一个土尘尘的屁股。腰像弹簧一样就那么一弯一直地很机械地动着。直到走到跟前,我才认清,那的确是二姐。只见二姐被汗淹了,被黄尘淹了,也被那机械的劳作淹了,乍一看简直像一个黄色的幽灵!在那一刹那,只觉得眼前的天是黄的,地是黄的,风是黄的,树是黄的,一架一架的土坯更是黄的,一个黄荡荡的世界在旋转!在这个黄荡荡的世界里没有人,也没有声音,只有土坯。土坯是活的幽灵,一架一架的土坯都在无声地动……

我不得不问自己,这是女人吗?这是乡村里的女人吗?没有人回答。

我默默地弯下腰去,抓住二姐手里的坯斗。二姐诧异地抬起头来,乏乏地笑了。二姐本想起身,却一屁股瘫坐在地上,徐徐地吐了一口气，缓声说："兄弟来了，上家吧。"

我看着疲惫不堪的二姐，比划着手势用眼睛跟她说话。我问："姐夫呢？"她说："我打发他去煤窑上做合同工去了。农闲的时候，我一人在家就行了。"我说："歇歇吧，你该歇会儿了。"她说："不累。力是奴才，不使不出来。"我又问："打了这多了，还不够么？"她说："一万了，还差得多呢。"说着，她望了望天，"天还早呢。要不，你坐一会儿，等我把这堆泥挖完，咱就回去。"我抢过坯斗要打，二姐拽住坯斗说："你不会，兄弟，你不会。走了这远的路，你还是歇歇吧。"我拗不过二姐，就松了手，站在那儿看二姐打坯。

二姐的劳作十分艺术。她蹲在那儿，两只手像切刀似的在泥堆上挖下两蛋泥，"唰、唰"两下摔进坯斗里，而后顺势用力一抹，坯斗里的泥就抹平了，动作是那样的快捷准确。然后二姐的腰像弹簧似的弓起来，扭身儿走上两步，那坯斗"咚"一下就扣在地上了，扣出来的土坯光滑平展，四角四棱的。倏尔，我在土坯上看到了二姐的指纹，那"斗"那"簸箕"清清楚楚地印在上面，泛着甜甜的腥味……在那腥味的刺激下，整个坯场都活起来了。那温馨和甜蜜从一排一排的坯架上溢出来，漾着很浓很浓的家的气息；而那机械的打坯动作一下子就变得很生动，很天然，像诗一样地活鲜鲜地从坯斗上流了出来，惹人激动！

在回家的路上，二姐告诉我，房子已经盖了两所了，村头一所，村尾一所；这要盖的是第三所，盖在老宅院里，到时候，那老屋就扒了。二姐说，乡下没房子娶不来媳妇。这三所房子，三个儿子一人一所，娶三房媳妇，到那时候老东西就没地方住了，只有睡草屋了……二姐说着说着笑了，脸上绽开的皱纹欢畅地舒展开去，脸就很生动地亮了。

晚上，吃饭的时候，二姐特意给我烙了油馍，煎了鸡蛋。可她吃的还是黑面饼饼，饼里卷着两棵小葱，吃得很香甜。她说："我爱吃饼子。"可我看出来，二姐家的饭仍是分了三种的（她把姥姥家的传统带回来了），我吃的是油馍（油馍是乡下人待客的饭食）；孩子们吃的是白面烙馍；只有二姐一人吃黑面饼子。她一生都吃着黑面饼子。

我抬起头来，一下子就看见了挂在房梁上的点心匣子，空空的点心匣子。竹篮还在呢，点心匣子还在呢，钢蛋却不在了……我不敢往下想，赶忙低头吃饭。

吃过晚饭，就见二姐走马灯似的屋里屋外忙着，涮锅涮碗、喂猪喂鸡……待一样一样都忙完了，天已黑透了。这时，二姐连口气都没喘，就又掌上灯，一盏小小的油灯，在那架老式的织布机前坐下，"咣当咣当"地织起布来。她织的是一种花格子土布，织好就在乡下卖。

我坐在二姐铺好的床铺上，静静地看二姐织布。二姐背对我坐着，我只能望见映在墙上的一个巨大的黑影儿，黑影儿里跑着一个梭子，那梭子像鱼一样来回游着，"哐"一下东，

"哐"一下西;"哐"一下东,"哐"一下西,一下一下扯着我绵绵的思绪……

我知道这架老式织布机是姥姥的遗物。姥姥死后,二姐就把它拉来了。它已是很古老了。听说姥姥的姥姥在上面坐过,姥姥的母亲在上面坐过,姥姥又在上面坐过……现在是二姐坐在上面,继续弹那"哐当、哐当"的声响。那声响很单调也很陈旧,细听去还有哑哑的"吱呀"声伴着,就像一个浑身疼痛的老人在呻吟。

慢慢,就觉得有什么流过来了,缓缓地流过来,把那"哐"声像穿珠儿一样地连缀在一起,就有了圣歌般的肃穆。那音韵哑哑的,仿佛老人一边在唱摇篮曲,一边轻轻摇拍着婴儿。那和谐从一下一下的节拍中溢出来了,欢欢地、温柔地跳动着……

有时候,那"哐"声突然住了,很久很久地住了。这时夜就变得异常的静,沉闷一下子落下来,重又砸在焦虑的心上,叫人躁。就见二姐这里动动,那里动动,"哐"声又接着响起来了。

夜深了,那织机还在"哐、哐"地响着。我闭上眼睛,试图在那陈旧的"哐"声中寻出一点什么来。有一刻,我似乎感觉到了什么,我看见姥姥坐在上面,我看见姥姥的母亲坐在上面,我看见姥姥的姥姥坐在上面……而后一切都向后退去,退向久远。我觉得快了,就要捕捉到什么了,那神秘的切望已久的东西就要出现了。于是,我一下子激动起来,集中全部的心智去谛听。可细细听,却又什么也没有捕捉到,仿佛一切都在瞬间消失了。只有循环往复的"哐"声,单调乏味的"哐"声。

睡着,睡着,夜又静了,忽然就听不见那"哐"声了。蒙眬中睁开眼来,就见墙上映着一个巨大的黑影儿,那黑影儿俯在织机上,晃晃地动着,动着……片刻,那"哐"声就又响起来了。

我在"哐"声中重又睡去。睡梦中,我看见了一个巨大的时钟,那时钟高挂在黑影儿里,时断时续地响着……

天快亮时,一声巨响把我惊醒了。那一声巨响如同房倒屋坍一般!只听得"咕咚"一声,我赶忙从床上爬起来,却见二姐怔怔地蹲坐在地上,那架老式织布机不见了……

那架古老的织布机整个散架了!映在眼前的是一堆散乱的旧木片,七杈八杈地碎在地上,扯着还没织完的花格子布。那堆散乱的旧木头里,有一群一群的臭虫爬出来,黑红的臭虫蠕动着肥肥的身子,慌慌地四下逃窜。

二姐坐在那堆碎木片跟前,人就像傻了一样,一动不动地坐着。久久,她才喃喃地说:"散了。"

散了,我听见二姐说"散了"。

我也愣愣地望着那架织机,那架事实上已经不存在了的织机。我盯着那堆碎木头,在那残乱的织机碎片上,凡是手经常触摸的地方都闪耀着乌黑的亮光，那是浸透血汗的亮光，看上去很亲切，泻着一片片光滑。我弯下腰去，拾起一块饱喂血汗的木片，把那光滑处贴在脸上，就有了凉凉的感觉。我即刻闻到了一股腥味，甜甜的腥味。不知怎的，那腥味仍然让人激动！

二姐慢慢地站了起来，就站在那架老式织机的前面。在她眼里，似乎织机仍在那儿架着，高高地架着。她的眼睛长时间地望着那空荡荡的地方，就那么盯着看了很久，才缓缓地、缓缓地落下来，落在那堆残破散乱的织机碎片上……

她说："散了。"

而后，二姐像突然醒了似的，匆忙在那堆织机碎片中扒起来。她把织了半截的布捆起来丢在一旁，又把散乱的旧木头一块一块拣出来扔在一堆，眼四下寻着，像是找什么重要的家什。她一边找，一边自言自语地说："梭子呢？梭子呢？"

织机散件了，找"梭子"有什么用呢？

看她那急切的样子，我没敢多问，就也蹲下来帮她找。我把她翻过的破木头又重新翻捡了一遍，还是没有找到。

二姐仍不死心，又在屋里四下跑着找。床下边，面缸后……该找的地方都找遍了，仍然没有找到。

二姐说："刚才还在手里呢，怎么就找不到了呢？"

天大亮了，二姐没找到"梭子"。

## 九

二姐死了。

二姐是猝死的。

二姐死在猪圈里。

春上，二姐家的母猪快生崽了，二姐怕人偷（村里的猪、牛常常被偷），就睡在猪圈里看着。有很久了，她夜夜睡在猪圈里。那天夜里，老母猪哼哼了一夜。天亮的时候，老母猪一窝生下了十二个猪娃儿。二姐却死在了猪圈里。大概二姐是给母猪熬过一锅米汤后死去的，盛米汤的盆子就放在老母猪跟前。二姐还给生下的小猪仔擦洗了身子，一个一个都擦干净了，二姐就猝然倒下了，手里还抓着一块破布……

等我和母亲匆匆赶来的时候，二姐已经躺在灵床上了。二姐静静地躺在灵床上，头前放着一盏长明灯。看上去她像是刚刚睡熟，身子很自然地伸展着，两只手很松地撒开去，仿佛该做的都已做完，也就一无遗憾地睡去了。

二姐死时没有痛苦，她是在宁静中带着微笑死去的。那一丝淡淡的笑意从嘴角处牵出去，因此嘴角处有一点点歪。那微曲的笑纹一丝丝牵动着二姐脸上的皱纹之花，那皱纹之花就很舒展很灿烂地开放了。于是那睡去的脸庞看上去很亮，很幸福。母亲给她洗脸的时候，试图抹去那有一点点歪的牵在嘴角处的微笑，可是没能抹去，那微笑依然挂在二姐的嘴角上，带着一点点乏意，一点点甜蜜，一点点光亮……

二姐死后，母亲翻拣了她所有的衣裳，企望着能找一套新的给她换上，可母亲没有找到，她的衣裳全是打了补丁的。母亲叹口气，赶忙打发人去做。母亲说，二姐辛劳一生，要里外全换新的，让她干干净净上路。

那天夜里，我坐在二姐的遗体前为她守灵。半夜的时候，我企望着油灯再忽闪两下，企望着二姐能下来，在她走入阴世前再"下来"一次，给我讲一讲先人的过去，可二姐没有"下来"……

二姐是三天后安葬的。她的棺材是桐木做的。姐夫在村人的帮助下伐了三棵桐树，那桐树是二姐嫁过来那年栽的，每棵都有一抱多粗，现在又要随二姐一块到地下去了。

钉棺的时候，姐夫哭得死去活来，他后悔不该去煤窑上，后悔不该……然而，却没有人喊"躲钉"。按照乡间的习俗，"躲钉"的话应该由下辈人来喊的。可二姐的两个儿子都不在跟前，也不知忙什么去了。于是就没有人给二姐喊"躲钉"！

村人们说，这是多大的失误啊！没有人喊"躲钉"，二姐就被钉进棺材里去了，连肉体带灵魂一同钉进去了。二姐就不能够升天了……真的不能么？

二姐的葬礼十分隆重。起灵的时候，哭声震天！全村的老辈人都来给她送葬了。人们流着泪说，没有见过这么能干的女人,她不该去呀!她才四十七岁,怎么就去了呢?

那天刚下过雨,送葬的队伍在黄黄的土路上缓缓行进。引魂幡像雪片一样哗啦啦在空中飘着,两班响器吹奏着凄婉的哀乐。可二姐的魂灵在哪里呢?二姐的魂灵……

当送葬队伍来到村口的时候,空中忽然出现了一群一群的蜻蜓。蜻蜓在二姐的棺材上空密匝匝地盘旋着,一会儿飞上,一会儿飞下,竟眷恋着送葬的队伍,久久不去……

我看见了蓝蓝的天,我看见了黄黄的路,我看见精灵似的蜻蜓在蓝天与黄路之间飞翔,起舞。难道二姐的魂灵化成了蜻蜓么?不会的,不会。我知道二姐被钉住了,她被钉进棺材里去了。

走向墓地的途中,我没有哭,我哭不出来。我不知道我为什么竟哭不出来。在我的一片空白的意识中,仿佛仍是二姐牵着我的手在走,一踏一踏地走。我似乎又听见二姐在我的耳畔说:

"兄弟,别怕。"

进了墓地后,我才有了死亡的恐惧。我看到了一座一座的坟丘,漫向久远的坟丘。那坟丘排列着长长的大队,没有姓名标记的大队,那是走向死亡的大队。我看见十六条大汉把棺材放进那个早已挖好的土坑里,而后是一锨一锨的黄土抛撒在上边,发出"噗噗"的声响。一会儿工夫,那棺木就不见了,只剩下了一抔黄土,一抔新湿的黄土。

周围全是哭声，哭声在袅袅上升的焚化纸灰中飘荡。我在哭声中追寻二姐的生命，我又一次听见二姐说：

"散了。"

埋葬了二姐后，我独自一人在田野里游荡。春风凉凉的，鸟儿在枝头叫，可我却无法排遣心中的孤寂。我看了二姐承包的十亩地，土地上种着小麦和早玉米。小麦一片油绿，早玉米刚出齐苗儿。在每一条田埂上，我追寻着二姐的足迹。我看到了二姐新打的田垄，田垄上留着二姐的脚窝；我看到了二姐新打的菜畦，菜畦里留着二姐的锄痕；我闻到了二姐长久呼吸过的空气，空气里弥漫着湿湿甜甜的芳馨……

可二姐你在哪儿呢？我的二姐！

我知道这是个充满怨言的时代，世界上到处都是怨言，人人都有怨言。可我不明白，二姐为什么就没有怨言呢？二姐总是在劳作，一日日地劳作，无休无止地劳作。那么，二姐的欢乐在哪里呢？欢乐？！

二姐面对的几乎是一个无声的世界。她割草的时候听不见铲响，锄地的时候听不见锄声，在树下听不见鸟叫，在家里听不见锅碗瓢盆的碰撞……可她什么都看见了，那声音在她心里。她是最应该大骂大叫的，最应该发一发怨言的，可她没有。她总是默默地劳作，默默地……她不问活着是为了什么，从来不问。天下雨了，她承受着雨；天刮风了，她承受着风；那老日头更是一日一日地背着……她为什么不问一问呢，为什么？

回到村里，我又看了二姐新盖的三所瓦房。第一所在村头，那院里已经栽上了树，瓦房却是空的，里边堆放着一些粮食和柴草。我看出那瓦房的墙是"里生外熟"的（里边是坯，外面是砖）。大约盖这所瓦房的时候二姐还没有能力全用砖，只能用一半坯一半砖来盖。房子的屋宇很大，空气却是生的，没有人味。我又看了二姐盖的第二所瓦房。二姐盖的第二所瓦房在村尾，是排在最后边的一所。一位放羊的老人告诉我，这地方原来是个大坑，这坑是二姐用一车一车的黄土垫起来的。二姐整整拉了一年土，才把坑垫起来了。如今那里矗立着一所房子，也是瓦房，浑砖盖成的瓦房。那院里也已栽上了树，瓦房仍是空的……我贴在墙上谛听，想听到一点什么，可我什么也没听到。我又看了二姐盖的第三所瓦房，那瓦房盖在老地方，是刚刚翻盖的，墙还是湿的，家里人还没来得及搬进去。三所瓦房是一样的门，一样的窗，一样的屋脊，一样的兽头……这瓦房是二姐为儿子们留下的。二姐有三个儿子，一个献给了共和国，余下的两个儿子已经长大。这是中国最普通的一个乡下女人的收获。那么，二姐一生的欢乐就在这里么？不，不是的。我感觉不是的。

我又重新查看房子，在每一座瓦房前徘徊，久久地徘徊。我发现乡村里的房子几乎是大同小异，并没有特别的地方。于是我走进新房，贴着墙壁一处处看。倏尔，我看见了二姐留在砖上的指纹!有"斗"有"簸箕"的指纹,那指纹是二姐打坯时留下的标记。那标记一下子使我激动起来,我仿佛看到了温馨的活鲜鲜的人生,诗一样的人生。那人生在我眼前一闪而过……

难道,难道这就是二姐的生存之谜么?我不知道。

临离开村子的时候,二姐的两个儿子悄悄地跟到了村口。这时我才发现,已经长大成人的这两个小伙都穿着西装,很皱的西装。铁蛋和平安脸上虽然还带着淡淡的哀伤,但目光却是坚定的,两人一同说:"舅,俺不想在家了,在城里给俺找个事儿做吧。"

我突然觉得什么东西断了,一下子就断了。我看到了背叛,可怕的背叛。我知道他们终将会离开土地的,即使我不帮他们,他们也会的。我无言以对,只默默地望着他们。

我想问苍茫大地,这是为什么?

大地沉默不语。